Kanemitsu SHINGYOJI
Arata MISU
花散る夜に
きみを想えば

タクミくんシリーズ

花散る夜にきみを想えば

ごとうしのぶ

11334

角川ルビー文庫

CONTENTS

口絵・本文イラスト／おおや和美

花散る夜にきみを想えば

視線を遠くへはぐらかしたまま、

「……彼女ができたんだ」

ボソリと彼が言った。

二回、ゆっくりとまばたきをして、三度目のまばたきをしかけたところで彼がこちらへ振り返った。

「聞こえた、八津《やつ》?」

強い浜風に、林の木々が大きく揺れる。

擦《こす》れてざわざわと鳴る葉の音がやけに耳について、

「ごめん、よく聞こえなかった」

呟《つぶや》いた途端、三度目のまばたきの隙間《すきま》から涙がこぼれた。

気づかれたくなくて、咄嗟《とっさ》に俯《うつむ》く。

「八津のことは好きだけどさ、やっぱ、あれだろ」

俺たち男同士だし、いろいろとさ。「でも、……ごめんな」

そうか、

「いいよ、矢倉《やぐら》。しょうがないよ」

男同士だからどうこうじゃなくて、「俺よりその子の方が好きってことなんだろ？」

——そうか。

問われて、矢倉は曖昧《あいまい》に微笑《ほほえ》むと、

「ごめんな」

俯く八津の横顔へ、もう一度、謝った。


——どんな顔をしていればいいのだろうか。

「ひゃー、あまりに懐かしい写真だなー」

矢倉柾木《まさき》が、吉沢道雄《よしざわみちお》の手から一枚のスナップをするりと抜いた。

3―Cの教室、昼休み。

始業式が済み最高学年の生活がスタートし、かれこれ一週間。つれて、インターハイ地区予選が近づいてきてなにかと注目の的である弓道部のホープ吉沢道雄は、なんと、今年はぼくと同じクラスであり（吉沢と同じクラスになるのは初めてなのだ。ちなみに、吉沢がベタ惚《ぼ》れしている高林泉《たかばやしいずみ》はA組である）且《か》つ、席までお隣さんだったりした。

「どうしたんだよこれ、吉沢？」

ギイと同じB組で寮の一階階段長である矢倉は、四階の同じく階段長である吉沢に急用とかで、ただでさえ慌ただしい昼休みに、わざわざうちのクラスを訪れていたのだ。

ぼくにしてみれば、めっぽう不意打ちの矢倉の登場。

午後一番の英語の授業、指されそうな不吉な予感に襲われて、大急ぎで机の上にテキストを開き（まがりなりにも今年は受験生なんだから、前日にやるべき課題を今頃やるなよ。の御指摘は甘んじて受けよう、うん）せっせと予習にいそしんでいたぼくは、よもや矢倉がすぐ脇に立っていたとは、その声を聞くまで気づかなかったのである。

尤《もっと》も、彼が教室に姿を見せた途端ぼくが逃げ出したりしたら、それはそれで挙動不審もいいとこだけどね。

つい二日前の放課後に、とんでもない出来事が起きたのだ。

八津宏海《ひろみ》を巡る三角関係で、当の八津と矢倉柾木、政経講師の山形研《やまがたけん》の三人が揉《も》めてるところへ行き当たり、勢い止めに入ったぼくは、いきなり八津にキスされて、しかも、覚えのない告白までされてしまったのだった。

『やっぱり俺、ギイなんかに葉山《はやま》くんを渡したくないよ』

やっぱりもなにも、ギイ情報によればそれぞれに、八津を捨てた過去を持つ矢倉柾木と山形講師。にもかかわらずどうした心境の変化からか、この期《ご》に及び揃《そろ》って八津に執着《しゅうちゃく》し始めたふたりを牽制《けんせい》したかったがための八津の告白には、もちろん真実など、カケラも存在してはいなかった。――とは、だが、ほとぼりが冷めるまで葉山くんに片思いのふりをさせてもらえないだろうかとの八津の頼みをどうしても引き受けられないぼくではあっても、矢倉にも山形講師にも、そうとはさすがにバラせない。

そんなこんなで現在、矢倉にとってぼくは恋敵《こいがたき》という名の邪魔者なのである。

――弱ったな、どんな顔をしていれば、いいのだろうか。

ぼくの動揺など気づくことなく、矢倉の用件が済んだところで、そう言えば、と、おもむろに吉沢が取り出したのが、一枚のスナップ。

「ずっとほったらかしだった本棚を整理してたら、埃《ほこり》をかぶった参考書の、ページの間に挟まってたんだ」

なぜか照れくさそうに、吉沢が説明する。

「ふうん、誰の本棚だって？」

間髪入れずの、矢倉の突っ込み。相変わらずの的確さ。

そうだよな、取り乱してたあの時でさえ、

『八津、通りすがりの葉山を行き当たりばったりで巻き込むの、やめとけよ』

その鋭さは、お見事でした。——図星だと、拍手を送るわけにはいかないけどね。

冷静といえば、立ち聞きしちゃってゴメンネだけど、決死の覚悟で矢倉に恋心を打ち明けた同級生が、受験を理由にすげなく告白を却下され、イヤミなくらい冷静なキャラクターをしていると、反対に当てこすりをしていたっけな。

八津にゆとりなく食ってかかっていた矢倉は、つまりは、らしくない状態だったのだ。矢倉をそこまで動揺させる、八津は、矢倉にとってどんな存在なんだろう。

肝心の主語が抜けてるぞ、とからかう矢倉は、

「几帳面《きちょうめん》な吉沢の本棚が、寮であれ実家であれ、ずっとほったらかしってことは先《ま》ず、なさそうだもんな。せっかくの春休みに、高林の実家で片付けの手伝いまでしたのか？　呆《あき》れたお人好しだな、吉沢」

もしくは、もう、入《い》り婿《むこ》状態か？

笑って、

「見る、葉山？」

その写真をするりとテキストの上に滑らせた。

「え？　あ」

ギクリと身を竦《すく》めたぼくの目の前へ、滑り込んできた写真。

どこかの教室の隅、てんでんばらばらの制服を着た数人の少年が、にこやかにというよりはぎこちなく、四角い空間に収まっていた。

あまりに懐かしい、写真？

「――これ……？」

あどけなさの残る、見知った顔が三人ほど。残りは、わからない。

「俺たちの受験の時の写真だよ」

今から二年ちょっと前の、まだ中学生だった頃の、写真。

見知った顔とは、たった二年でぐっと大人びた中央に写ってる矢倉柾木と、入学式で吉沢が、ここは全寮制男子校のはずなのにどうして女の子が？　と、本気で疑ったというエピソードよりも二カ月ほど前の、美少女が男装しているかの高林泉。それから、やはり現在よりずっとあどけない雰囲気を身に纏《まと》っている、八津宏海。その他の見知らぬ面々は、つまり落ちた人々ということか。

「矢倉くんと八津くんって、受験の時、一緒だったんだ」

「そういうこと」

大きく頷《うなず》きながら写真を取り上げた矢倉は、それを吉沢に返して、「我ながらガキくせー顔してるよな」

たった二年前なのにな。と、皮肉っぽく続けた。

「あの、矢倉くん、良ければもらってくれないかな、これ」

これまたなぜか、やけに申し訳なさそうな吉沢に、

「その写真、高林の持ち物なんだろ。無断でもらえないね」

矢倉は、今度は気づかぬふり。

「無断じゃないよ、頼まれたんだ。その……、高林くんのカメラで、みんなで記念に写真を撮った時に、現像できたら送ってくれって頼んでたんだろ？」

「かれこれ二年と二ヵ月前にね。もう時効だろ、いいよ」

「住所まで控えてたのに、高林くん、忘れん坊大将だから」

「いいって。いまさら記念もないからな。それより吉沢、お前がもらっておけよ。中学時代のあどけなき高林の美少年ぶりったら、誘拐軟禁したくなるほどだよな」

うっかり赤面した吉沢に、じゃあなと手を振り、矢倉は教室から出て行った。

残された吉沢と、ぼくの目が合う。

「あ……、葉山くん、いる?」

吉沢こそ、喉《のど》から手が出るほど持っていたかったであろう、照れ屋の彼の、その場しのぎの質問だとわかってはいたものの、ついぼくは、差し出された写真を素直に受け取ってしまったのであった。


「そりゃ吉沢、マジで欲しかっただろ」

写真を手にギイが笑う、ケラケラと。「ひどいことするなー、託生《たくみ》」

「そんな、ひどいって、ギイ」

別に悪気があったわけじゃ……。

ここは赤池章三《あかいけしようぞう》氏の御厚意により提供していただいた、ふたりのナイショの密会場所、第一校舎三階南端より通じている、物置として使われている屋根裏部屋。真下は、普段はまったく人気のない(そのうちたっぷりお世話になる)進路指導室である。

昨日は温室でも給湯室でも会えちゃったし、今日は今日で、放課後ここで待ち合わせが叶《かな》ったし。こんなに連日会えてしまうと、嬉《うれ》しいような、コワイような。

「吉沢が高林に一目惚れしたのって入学式だろ？　その当時の写真なんて、吉沢にしたら垂涎《すいぜん》ものだよなー。それを、託生」

薄いプラスチックのレンズ越しに、ギイの淡いブラウンの瞳《ひとみ》がぼくをからかう。

「わかったよ、後で返すよ、吉沢くんに」

「そうしてやれ」

ぼくのブレザーの胸ポケットに写真を差し込んだギイは、そのままぼくを引き寄せて肩を抱き、「今日の逢瀬《おうせ》は二十分。ごめんな、託生」

耳元で囁《ささや》いた。

「いいよ、平気」

どんなに短くたって、会えるだけでラッキーだから。

「それにしても、こうしてふたりきりでいるとさ、ついつい不謹慎《ふきんしん》なキブンになるよな」

時間がないのに。

冗談とも本気ともつかないギイのセリフに、ぼくは笑うしかない。

「延長したいなんてワガママ、今日は言わずにおくから」

「それはそれは。ありがたくもあり、つまらなくもあり、だ」

きゅっと小首を傾《かし》げたギイは、「複雑な男心はさて置いて、さっきの話だけど、託生、つまり矢倉は、託生を前にしてもけっこう冷静だったってことか？」

「あ、うん」

八津に食ってかかっていた、あの日の矢倉とは別人のように。

「へえ、そうか」

耳の脇で頷いたギイは、そのまま口唇を、ぼくの頰《ほお》へ弾ませた。

軽いキス。——それだけで、体温が一度上がった気がした。

「なに、託生？」

「ううん、あの、ギイ、矢倉くんと、なにか話した？」

なにせふたりは階段長同士というだけでなくクラスも同じなのだから、喋《しゃべ》る機会は少なくないだろう。

「例の件について？　いや、特別なにも話してないよ」

「矢倉くんがぼくに対してあまりに穏便《おんびん》だったから、もしかして、ギイが根回ししてくれたのかな、とか、ちょっとだけ思ったからさ」

「期待に添《そ》えなくて恐縮ですが託生クン、そもそもオレはノータッチでいなきゃまずいだろうそうでした。ここでギイが出張ったら、オレと葉山はつきあってますと、公表するようなものですね。せっかくの苦労が、水の泡。

「やっぱり矢倉くん、八津くんの告白を本気にしてないってことなのかな」

もしくは、ぼくが相手にされてないのかも。葉山がライバルだったら楽勝楽勝、とか。――って、その発想、我ながら情けなくないかっ！

「矢倉がどう解釈してるかまではわからないけどさ、目の前で八津が託生にキスしたのには、そりゃ度肝《どぎも》を抜かれたろうなあ」

遊びや冗談でキスできるような、そんなキャラクターではない八津宏海。特別親しくなくたって、それくらいはぼくにもわかる。

「八津の心境としてはあれだな、窮鼠《きゅうそ》猫を咬《か》むってのに、近かったんだろうな」

ギイが言う。

「きゅうそ？」

え、猫がなにに咬まれるって？

「ん？」

「ううん」

さすがに恥ずかしくて、訊《き》き返せない。『きゅうそ』の意味は後で国語辞典で調べるとしても、意味合いはなんとなく推測できる。「そうだよね。追い詰められると、なにしでかすかわかんないってとこ、誰にでもあるよね」

「だよな。ちなみに、字はこう」

ギイは自分の学生手帳にボールペンの青い字で『窮鼠猫を咬む』とすらすら書き、「まさしく、追い詰められて窮したネズミは天敵の猫ですら攻撃することがあるということだ」

相変わらずの国語能力の高さである。感服、敬服。

「あの……、バレてた？」

ぼくが理解できてなかったこと。

学生手帳を胸ポケットへ戻しながら、

「なにせ、恋人なもので」

ふわりと笑ったギイに、

「恐れ入ります」

ぼくは更《さら》に、恥ずかしい。

「どういたしまして、だ。なあ託生、託生が最初にオレに気づいたのって、いつなんだ？」

「え、なに、突然」

「託生が崎義一を認識したのって、いつ頃だい？」

「……いつって」

うーん、いつだろう。

記憶を溯《さかのぼ》らせてみたが、祠堂《しどう》へ受験に訪れた時も、入学式や入寮式や、集合人数の多い場所でギイを見かけた覚えはない。だとしたら、

「クラス分けの、後だと思う」

指定された教室に入ると、そこに、やけに際立つ風情《ふぜい》の学生がいたのだ。ただそこにいただけなのに、存在そのものに惹《ひ》き込まれるように、ぼくだけでなく、誰しもがギイを注視していた。まつわる華やかなバックグラウンドは、後日、明らかになったのだ。

特別な輝き、特別な存在。その彼が今、目の前にいて、ぼくだけを見ている。

「オレはもっと前から、託生を知ってたよ」

アルミフレームのメガネを外して、端正な美貌が近づいてくる。

ぼくはちいさく息を呑《の》んで、柔らかく重なるギイのキスに、目を閉じた。

甘い花の香り。大好きな、ギイの匂《にお》い。——不意に、あの夜の噎《む》せるようなギイの熱い体温と汗と匂いとを思い出し、ぼくは一瞬くらりとした。

このまま、ギイ……。

ぼくの変化に気づいてか、ギイはそっと口唇を離すと、

「それにしても、受験にカメラを持参する高林って、――ナニモノ?」

おどけた調子でちいさく笑う。

そうだった、タイムリミットは二十分。

「写真嫌いのギイには、信じられないような話だね」

応《こた》えたぼくの、背中にしっかりと回されたギイの両腕。

きつく抱きしめられたまま、彼の肩口に頭を預け、しばしキスの余韻《よいん》に浸《ひた》ってみる。

「そういうレベルじゃなくってさ、受験会場でフツー、記念写真は撮らないだろ。遊びにきてるんじゃないんだから。――相当なナルシストの証明だな」

なるほど、そういう結論か。

「そもそも託生、受験会場ってカメラ持ち込み禁止だぜ」

「え?　どうして?」

「試験内容の流出防止。予備校とかの資料にされないよう、どこの高校の受験でも、持ち込み禁止のはずだけどな」

「でも、写真……」

ここに現存しちゃってるんですけど。

「ははーん、わかった。高林のあまりの可憐《かれん》さに目が眩《くら》んで、試験官も誰も、ちゃんとカメラチェックできなかったんだな」

「いくらなんでも、ギイ――」

「あり得そうだろ?」

はい、確かに。

「高林はともかく、なあ託生、さっきの写真、やっぱり矢倉にくれてやれよ」

「矢倉くん?」

ぼくは体を起こすと、「どうして? だって、本人がいらないって断ったんだよ」

ギイに訊く。

一度断わったものを、ぼく如《ごと》きが改めて渡したところで、素直に受け取るような矢倉ではないような、気がする。

「理由はまあ、イロイロだが、イヤなら無理にとは――」

「ちがっ、矢倉くんにあげたくないって意味じゃないからね、ギイ」

「わかった。なら、託生に異存がなければ、オレから渡すけど?」

いつもながらの察しの良さ。――ギイって、もう。

ぼくは胸ポケットから写真を抜くと、

「お任せします」

両手でギイへ差し出した。

「任されよう」

受け取った写真を学生手帳の間に挟《はさ》んだギイは、「ありがとうな、託生」

囁いて、もう一度、ぼくにゆっくりとキスをした。


「しつこいな」

眉間《みけん》に皺《しわ》を寄せて、八津が言った。

夕暮れにひっそりと翳《かげ》る3―Bの教室。文化部でも気の早いクラブならば活動終了していそうな遅い時刻、ふたり以外、むろん室内に人影はない。

「こんな時間にわざわざ自分の教室に呼び出して、またその話か、矢倉」

一昨日あんなことがあってから、昨日も文句をつけられた。

『山形の登場はフェアじゃないだろ、八津！』

矢倉が憤《いきどお》る心境はわからないでもないが、八津にだって言い分はある。

「そっちの一方的な苦情だって、アンフェアだろ」

八津にしてみれば、降って湧いたような災難なのだ。突然現れた山形にはやたら馴れ馴れしく接せられ、それを耳にした矢倉はやたら不機嫌となったのだ。

矢倉とも山形とも関係のない、静かで穏やかな生活を送っていた八津に、ふたりは揃って荒波を立ててよこしたのである。

被害者は、間違いなく自分のはずなのだ。なのに逆に責められるとは、どうしたことだ？

不快感まるだしの八津に、

「ふたりきりできっちり話をつけたかったんだよ、誰にも邪魔《じゃま》されずにな」

だが、これっぽっちも悪びれることなく、矢倉が応えた。

一階階段長の自分の部屋では、溜まり場と決め込むちゃっかりした友人たちのひっきりなしの来訪で、込み入った話など到底できない。

「わかったよ、ならば、きっちり話をつけよう」

八津は、睨《にら》みつけるように背の高い矢倉を見上げると、「何度も言ってるが、矢倉とのことはもう全部過去のことだ。済んだことだし、気にしてもいない。改めて謝りたいと言うのなら謝ってくれてかまわないけど、だからどうということはない。許すも許さないも、今更矢倉を責める気はないし、過去を取り沙汰《ざた》するつもりもない」

「山形のことも、すっかり過去のことなのか？」

「あたりまえだろ、ふざけるなよ」

矢倉と出会った時から、他の誰もが過去になってた。山形を慕《した》う気持ちがどんなに幼い感情だったか、自覚したほどに。

優しいお兄ちゃんになついてた子供、それが、当時の自分だったのだ。それを初恋と、錯覚していただけなのだ。

「あいつ、約束を果たしにきたとかほざいてたよな。おっきくなったら結婚しようね、とかの手合いか？」

「くだらない。寝言は寝て言えよ。――とにかく、これ以上俺にかかわるのはやめてくれないか。俺にはもう、矢倉でも山形さんでもない、好きな人がいるんだ。俺に悪いと思うなら、俺の新しい恋を邪魔しないでもらいたい」

――新しい恋？

矢倉が一瞬、口を噤《つぐ》んだ。

「……八津、本気なのか、葉山のこと」

「本気だと言ってる」

「本気でギイを敵に回す気なのかと、訊いてるんだよ」

「別に、あのふたりはつきあってるわけじゃないだろう」

その噂が事実なら、恋人のキスを奪われて、捨てて置くようなギイではあるまい。決闘のひとつやふたつ、とっくに申し込まれててもおかしくないのだ。「それに三年になってから、めっきり交流がないじゃないか。葉山くんとギイがふたりきりでいるところ、俺はまだ、学校が始まってから一度も見てないんだからな」

「事実つきあってないとしてもだよ、ギイは絶対、黙ってないぞ。仮に葉山にその気がないとして、だがギイは違う。あいつはずっと、ここに入学した時からずっと、葉山を気にしてた。間違いなく、ギイは葉山を好きだよ」

「ギイが葉山くんを好きなら好きで、それはギイの勝手だろ。俺には関係ないじゃないか。それとも矢倉、葉山くんを好きになるのに、ギイに優先権があるとでも言いたいのか？」

ひどいな矢倉、それをきみが、言うのかい？

「……順番の話をしてるんじゃない」

「だったらなんだよ、どこに問題があるんだよ」

「なら訊くけどな、ギイの本気に太刀打《たちう》ちできるほどの強い気持ちが、八津にあるのか？」

挑むような、矢倉の視線。

八津は黙って口元を引くと、やがて、

「随分と、ギイのことは詳しいんだな」

皮肉に笑って、ふいと視線を外した。

寮に館内放送がかかった。

「電話の呼び出しです。270号室葉山さん、270号室、葉山託生さん、いらっしゃいましたら五分以内に三番の公衆電話までお越しください」

外へも洩《も》れ聞こえる、歯切れの良い涼しげな声。

「おお、平沢《ひらさわ》の声だ」

「放送部部長直々《じきじき》のアナウンスとは、贅沢《ぜいたく》な呼び出しだなー」

校舎から一緒に帰ってきた友人たちの素朴な感想に尤もだと頷きながら、ぼくは急いで寮の玄関で、靴を室内履《ば》きへと履き替えた。

夕飯の時間にはまだ早いけれどそれなりに賑《にぎ》わう寮のロビー、廊下へ一列に並ぶボックス型の公衆電話、手にした教科書やテキストの束をまとめて片腕で胸に抱き、三番目の扉をもう片方の手で引き開け、外されたままの受話器へ大きく腕を伸ばし、

「もしもし？　――もしもーし！」

走ってきた勢いそのままに呼びかけたのだが、返答がない。

数秒まったくの無音が続き、やがてプッリと電話が切れた。

開いた扉を肩で押さえたまま、耳から離した受話器をフックに戻すことなく、つい、じっと見入ってしまったぼくに、

「あれ、間に合わなかった？」

ちょうど脇を通りかかった平沢伸之《のぶゆき》が、「でもまだ五分、経ってないよね」

四つある公衆電話のそれぞれに設置された五分計の砂時計、ぼくの肩越しにボックスの中を覗《のぞ》き込み、残量を確認する。

「……この電話取ってくれたのって、伸之？」

「たまたま近くにいたからね」

「電話当番じゃなかったんだ」

「違うけど、五分経って葉山が現れなかったら切ることになると、伝えるべきことは先方に伝えたよ」

呼び出しの放送から五分過ぎても呼び出された当人が現れなければ、電話当番により、通話は切られてしまうのだ。また、当番であるなしにかかわらず、電話がかかってきた時に最寄り

にいた学生は電話を取り次がねばならないという不文律もあるのである。

「それにしても、五分待つまでもなく切ってしまうなんて、相当せっかちな相手だね」

「伸之、これ――」

ぼくが通話口に出たのを確認してから、プッツリと切れた無言電話。「この電話の人、名前、なんて名乗ってた？」

「そこにもメモを残したけど、サイトウって言ってたかな」

「サイトウ？」

電話の脇、サイトウ↓270ハヤマタクミと書かれたメモ。

「俺たちくらいの若い男の声で、葉山の部屋番号まで知ってたから、てっきり葉山の地元の友人かと思ったんだけど、違ってた？」

サイトウなんて名の友人は、地元にも祠堂にもいない。

学校が始まってまだ僅《わず》か。誰がどこの部屋で等、世間知らずのぼくだけでなく大抵の学生が把握《はあく》しきれていない現在、うちの学生ならばともかく、ぼくの部屋番号まで知ってるなんて、いったい、誰なんだろう。

訝《いぶか》しさが顔に表れていたのか、

「そんなに心配しなくても、用があるならきっとまたかけてくるよ」

伸之は気楽に言って、ぼくの肩をポンと叩《たた》いた。

「あ、――うん」

ぎこちなく頷きながら、フックへ受話器を戻す。

「それにしても、春先はやたらに電話が多いね」

伸之は使用中の三番以外のボックスを見遣《みや》り、「長期の休み明け、中でも春先はとりわけ呼び出しが多いものな」

全寮制の学校なんかへ進学させてしまった愛息子《まなむすこ》を心配する新入生の両親やら、春休み中にめでたく彼女ができたウラヤマシイ連中へのラブコールやら、その他諸々《もろもろ》、なにかと忙《せわ》しない時期なのだ。

よって、呼び出し待機のタイムリミットも五分ならば、会話も五分以内に終了せねばならないのであった。それが、どんなに楽しい会話であっても！

団体生活は、厳しいのである。

しかも、バレバレ。

「片倉《かたくら》、彼女できたんだって？」

出し抜けの伸之のセリフに、

「えっ？」

ぼくは、びっくりした。

「同じ女の子からの電話が、何回か取り次がれてるみたいだよ」

仲之とは、ぼくは今年クラスが別れてしまったが、利久《としひき》と仲之は、同じクラスとなったのである。

「全然知らなかったよ」

水臭《みずくさ》いぞ、利久め。

「公衆の面前で熱い抱擁《ほうよう》をした仲なのにな」

仲之のからかいに、後ろめたいことなどひとつもないのに、

「あ、あれは一方的に利久が……」

ぼくはおろおろと、言い訳してしまう。

入寮日、桜吹雪が舞い降るバス停から校門までの並木道、泣きつく利久に突然抱きつかれ、格好のからかいネタになったのでした。

「電話当番であるなしにかかわらず、一階は三年生の居住区だから、どうしても電話が鳴り出すそばに居合わせる機会が多いじゃないか。プライバシーなんか、すぐに露呈《ろてい》だよね」

あっという間に同級生のみならず、二年生や新入生の個人的事情まで把握できてしまう。

「我が世の春の三年に弱みを握られたりしたら、下級生はイタイよなあ」

「──それ、悪用されるって意味？」

コワイぞ、かなり。

「されかねないって意味」

クスクス笑った仲之は、「だからといって、こちらから外へ掛けるにしても、チェックがウルサイ。実に不自由だよね」

「うん」

「携帯電話普及しまくりの現在でこの不自由さ、さすが全寮制の学校だけはある」

歩き出した仲之に、つられてぼくも歩き出す。

人通りの多い廊下をのんびりと、ロビーを玄関に戻る形で進みながら、

「二キロ太ったってさ」

唐突に、仲之が言った。含み笑いで。

「二キロ？　なに？」

「聡司《そうじ》さん。会う度にそう言って、俺に自慢するんだ」

ああ、岡田《おかだ》聡司さん。仲之の、大切な人。

「そうか、春休み会えたんだ」

「同じ敷地内に住んでるからね、帰省すると、嫌でも一度は会っちゃうかな」

嬉しそうな、憎まれ口。「しかも悟《さとる》が一緒だと、こっそり家に帰るつもりが、本家の母屋《おもや》にまで連れて行かれて。参るよね」

仲之とは義理の従兄弟《いとこ》にあたる、元気で屈託のない岡田悟。聡司さんの弟でもある。

「ごめん仲之、聡司さんって、……変わってる人？」

だって普通、太ったことなんか自慢しないよね。

「さあ、それはどうかな」

どこまでも嬉しそうな仲之は、「あれから一日に一粒ずつチョコを食べてたら、二キロ太ったんだってさ」

はい、わかりました。

仲之からもらったチョコは、ちゃんとひとりで最後まで、大切に食べました。二キロ太ったのは、その証拠です。――だね。

くーっ、のろけを聞かされちゃったよ。

良かったなあ仲之。仲之が大切にしてるだけじゃなくて、聡司さんからも、ちゃんと大切にされてるんだ。

「ちょ、でも仲之、ぼくが仲之に渡したあのチョコのせいで、聡司さん、二キロも太っちゃったってことだよね？」

痛く、申し訳ないかも。「もう少しちいさい詰め合わせにしておけば良かったかな」

「いいんだよ、その前にあれこれ心労で、相当痩《や》せてたようだから」

「心労……」

「うん」

心労。——しんろう、……新郎？

「あーっ仲之！　そうだよ、次の日曜が四月の第三日曜日じゃないか！」

聡司さんの結婚式！

政略結婚だの、政略養子縁組だの、厄介《やっかい》なオトナの事情が山積みな、仲之の恋路。

動揺するぼくとは裏腹な、至って落ち着いた仲之は、

「あれ、葉山、まだ知らないのかい？　一応、どっちも延期になったんだよ」

「どっちもって、え？」

まだって、あれ？

「結婚も養子縁組も、当面延期になったんだ」

「じゃ、あのなすがままの聡司さんが、自分から、結婚も養子縁組もやめたいって申し出た、の？」

仲之がいるから？

「なすがままって、葉山」

吹き出した仲之は、「んー。でも結婚の方は、そう、かな」

「聡司さん、思い切ったねえ」

愛の力は凄《すご》いなあ。いっそ延期だなんて中途半端はやめて、このままなしくずしに、ご破算になっちゃえばいいのになあ。

だが、あの可愛らしい婚約者の気持ちを思うと、破談は辛《つら》い。

でも仲之や聡司さんの気持ちを思うと、現状が辛い。

「聡司さんひとりが頑張ったところでどうにかなる問題じゃないんだけど、結果的に、タイミングが良かったんだ。彼が二の足を踏んだだけじゃなくてね、実は彼女もマリッジブルーだったんだよ。予定では結婚式が済んだらそのままアメリカへ移住だったろ？　聡司さん以外にはひとりも知り合いいなくって、いきなりネイティブな英語の生活じゃ、辛いだろ」

あの、なんか、ヒトゴトに聞こえないんですけど、それ。

「留学なら、戻りたくなったらいつでも日本へ帰れるけど、会社絡みの養子縁組だよ。そう簡単に、寂しいから帰るってわけにいかないものな」

留学でも、行ったからにはそう簡単に、帰れるわけがないよなあ。——うーん。

せっかちだと聡司さんにからかわれながらも、半年も前に招待状を作っちゃうくらい、結婚式を楽しみにしてた婚約者。

「そうか、やっぱり、いざとなると、くるものがあるんだな」

「うん、らしい」

「それで、両家同意の上、延期？」

「一応、延期。養子縁組の方は、リングル側に問題が起きてね。リングルが海外に輸出した製品の欠陥《けっかん》が原因で、現地で訴訟《そしょう》を起こされて、それがこじれてどうとかって、国を跨《また》いで揉めてるらしい。火の粉をかぶりたくない明善《あきよし》伯父が提携の再検討を始めてて、例によって聡司さんへは、一方的に延期を申し渡してきたんだ。――そんなこんなで、会社的には不運続きだけど、聡司さんはホッとしてたよ」

「仲之も、ホッとしてる？」

問い掛けに、仲之はチラリとぼくを盗み見ると、

「とはいえ中止じゃないから、今のところは、って感じかな」

慎重に、応えた。

「あの……、良かったねって言ってもいい？」

「いいよ、今はね」

ちいさく笑う仲之に、ぼくも笑った。

「いろいろ感謝してるから、葉山」

「え、ぼく？」

「ギイにも」

「――うん」

「それにしても、俺には伊達《だて》メガネなんかもう要らないだろなんて外させといて、年度が変わった途端、本人があれだものな」

「ギイのメガネのこと？」

「ダテだろ、どうせ？」

「さあ、よくわかんないけど……」

「わかんない？」

「……うん」

ごめんね伸之、ギイの話題はパスしたい。

「ところで葉山、春休み突入で渡せなかったホワイトデーのお返し、ギイに渡してあるんだけど、受け取ってくれた？」

「や、まだだよ」

会うにはちょこちょこ会えるのだが、短い逢瀬は互いの渇望を埋めるのに精一杯で、万事にソツのないあのギイでさえ、話題を伸之の件にまで及ばせるのは困難だったりするのだろう。

——多分。

「まだなんだ？」

探るように頷いて、腕を組んだ伸之は、「お返しは、俺と聡司さんのふたりから、ギイと葉山へってことで」

「あ、ありがとう。でもそんな、気を遣《つか》ってくれなくても大丈夫だったのに」

お返しを期待して、あげたわけじゃないのだから。

「今回の顚末《てんまつ》も、その時ギイに話したから、てっきり筒抜けかと思ってたのにな。——葉山とギイ、最近あんまり一緒にいないって聞いてるけど、別れたわけじゃないんだろ？」

「えっ？」

別れた？　あれ、そういうことにしておくべきか？　や、でも、「あー、それも、よくわかんなくて……」

共犯者、ギイとはただの友人のふり、をすべきなのはわかっていても、冗談でも『別れました』なんて、とても口にはできないのだ。言葉は生きものだと言うではないか。迂闊《うかつ》に口にした途端それが現実になっちゃいそうで、不吉過ぎて、なんだか怖い。

「だってギイ、聡司さんを呼び出してくれたバレンタイン当日に、俺の目の前で言ったよな、葉山に惚れてるって」

『あたりまえだ。だから、惚れたんだ』

言いました、確かにギイは、臆面《おくめん》もなく、伸之の前で言い切りました。

うーっ、ひどいやギイ、こんなのどう誤魔化《ごまか》せばいいんだよー。

「そそそれより伸之、あの――」

なにか別の話題、別のワダイッ。

「ま、いいけどね」

「へ？」

サラリと流した伸之は、

「いろいろ事情があるのが人生だからさ」

「……伸之？」

「ともあれ葉山、いいなにかの時には力になるから」

――え？

伸之は、まっすぐぼくの目を見ると、

「今すぐどうのこうのじゃないとしても、いつかなにかが起きた時には、今度は俺がふたりの力になるからさ。その時は、遠慮しないで言ってくれよな」

「仲之……」

「と、ナイショでギイにも伝えてくれよ」

「――うん」

玄関の脇を抜け諸施設の間を通り、東・中央・西と大きく三つのエリアに分かれる細長い学生寮、西の階段に差しかかり、

「葉山、部屋へ荷物を置きに行くんだろ？　俺はこのまま直進だから」

またな、と仲之は手を振った。


四月、暦《こよみ》の季節は春とはいえ、山の斜面にへばりつくように建っている祠堂学院の外気は、冬のように、寒い。

他校に比べれば確かにブルジョワな匂いの濃い祠堂なれど、寮内に換気循環システムが働いているわけではさすがにないので、時々は窓を開けて部屋の空気を入れ換えるべきだとアタマではわかっていても、せっかく暖まった空気を外へ逃がすのが惜しくて、ついつい、閉めたきりとなってしまうのだが、

「葉山、忘れずに窓、開けておけよ」

部屋の鍵を手にした三洲《みす》が振り向きざまに言い、ぼくは慌てて窓辺へ寄った。

ふたり揃って学食へ朝食を摂《と》りに行く時間は、絶好の換気の機会である。夕食と違ってさほど時間のかからない朝食タイム、二十分もあれば戻ってくるから不用心度も低いし、室内でじっと換気中の寒さに震えることもなければ、なにより、食事が済んで部屋に戻ってもすぐに校舎へと移動してしまうので、入れ替わった空気の、新鮮なれどその冷たさもたいして気にならないのだ。

三洲に続いて廊下に出て、ぼくはぎょっとした。

270号室のドアの脇、廊下の壁に背中をつけて、腕を組み、人待ち顔で矢倉柾木が立っていたのである。

「葉山に用事だそうだ」

言って三洲は軽く笑うと、ぼくの耳元で、「一階からわざわざ『お迎え』が来るなんて、もてるね、葉山」

と続けた。

一階階段長の矢倉柾木、彼の部屋は100番で、祠堂の寮は部屋番号が複雑な並びになっているからわかりにくいかもしれないけれど、位置としては、寮の西端（つまりは角部屋）で廊下を南北に挟んだ南側のぼくたち270号室のまんま真下で、真上のギイの300番とで、階段長による上下サンドイッチが構成されてることになる。

ギイの、位置だけならば真上と同じく矢倉の部屋も直線コースならば床のすぐ下だが、各階を結ぶ階段は廊下をかなり内側へ戻った所にあるので、辿《たど》る道どりは短くはない。

「ちがっ、そんなんじゃないよ」

否定しつつ、赤面してしまう。

いや、もちろん、言われたセリフに照れたわけではない。そうではなくて――。

「おはよう、葉山」

ぼくたちのやりとりをキレイに無視して、矢倉がストンとぼくを見下ろした。

「あ。お、はよう、矢倉くん」

うっ。こうして立ったまま向き合うと、背、高いなー。――ギイと同じくらいだろうか。

駒澤《こまざわ》のようながっしりした体型ではないのに、やけに威圧感のある矢倉。特技が対人関係のギイと違い、地道な交友関係のみ形成していたぼくとは、過去、まったく接点のなかった人なのだ。

「じゃあな葉山、俺は先に行ってるよ」

ドアに施錠《せじょう》を済ませた三洲が、ひらひらと手を振る。

「三洲くんっ！」

置いてかないでくれ！　と情けなくも追いすがろうとしたぼくの肩を、矢倉は寮の壁へドンと押しつけた。「——てっ」

そこへたまたま、筋交《すじか》いの269号室の反松朋弥《そりまつともや》が廊下に出てきて、

「おおっ簑巌《みのいわ》、早く早く、朝っぱらから葉山が矢倉に迫られてるよ」

同室の簑巌玲二《れいじ》を愉快そうに手招きする。

両肩をがっちり摑《つか》まれて、背中を強く壁に押しつけられ、まるで口説かれてるようなこの構図に、

「ああ、本当だ」

暢気《のんき》に頷いた玲二は、ぼくのクラスの級長でありながら、副級長であるぼくのピンチだというのにもかかわらず、「でも矢倉、口説く相手はよく選んだ方がいいよ。葉山くんは分が悪そうだ」

からかって、それじゃ、と反松とふたり、学食へ行ってしまう。

待てっ！　どうして誰も助けてくれないどころか、驚きもしないんだよ！

うー、もしかして、原因は矢倉の日頃の行いのせいか？

相手が男女にかかわらず、噂だけは死ぬほどあるという矢倉。しかも、噂のいっさいを否定

せず、ほったらかしで平然としている、らしいのだ。独特な持ち味の、オトナな噂のせいだけでなく、良い男系の渋いルックスからして、同級生たちより遥《はる》かに大人っぽい。

息がかかりそうなほど額を寄せてきた矢倉は、

「話があるんだ、逃げるなよ」

ぐいっとぼくを覗き込む。

鼻孔《びこう》を掠《かす》める、整髪料の微《かす》かな香り。ギイとは違う、矢倉に似合いのクールな匂い。

ギイ以外の誰とも、いや、厳密には違うけれど、とにかく、誰ともこんなに至近距離で顔を突き合わせたことなどないぼくは、ときめきとは違う動揺で心臓がバクバクしていた。

今度こそ、八津のことでインネンつけられてしまうのだろうか。それとも、そうだ、やっぱりあの写真が欲しくなって、吉沢に葉山くんが持ってるからと教えられ、もらいにきたのかもしれない。

わざわざ取りにこなくても、そのうちギイから渡されるのに。

「なあ葉山」

「昨日の写真なら、ここにはな——」

「この前は悪かったな、巻き添えにして」

「——いよって、あれ?」

「写真？」

「あ、ごめん、矢倉くん」

読みが外れた。

でもだって、よもやまさか、矢倉が謝罪にくるなんて、一体誰に予想できる？

ポカンとぼくを眺めていた矢倉が、突然くっくと笑いだした。摑まれていた肩の力が、ふっと抜ける。

「面白いなあ、葉山って」

ぼくはぼくで、矢倉の笑顔に更なる動揺。

彼が楽しそうに笑ったところを、もしかして、ぼくは初めて見たのである。——そうなんだ、矢倉くんって、こんな風に笑うんだ。

だとしたら、やたらとモテるの無理ないかも。と、ギイのあの、とびきり笑顔を見慣れてるはずのぼくでさえが思わず納得するくらい、それはそれは良い感じだった。普段の渋めの真顔との落差のせいか、独り占めしたくなるような甘い魅力がある。

「や、でも、この前のことは、矢倉くんが巻き込んだわけじゃ……」

「直接巻き込んだのが俺でなくても、まるきり無関係なわけじゃないからな、一応謝っとこうと思ってさ。あの時はカッコ悪いところ見せちまったが、葉山、俺は降りたから。みっともない三角関係は、あれきり終わりだ」

「終わりって、え？」

それ、どういう意味？

「違うか。葉山も含めて、四角関係か」

冗談っぽく訂正して、「ともあれ、迷惑かけたな葉山、ごめん」

「そんな……」

ウソだろ。「待ってよ。終わりだなんて簡単に言うけど、矢倉くん、八津くんのことはもういいのかい？」

あれほど動揺してたのに、たった二日、もう三日か、過ぎただけで、そんなにあっさり諦《あきら》められるものなのか？

「いいんだよ。そもそも、とっくに終わってるんだ、俺たち」

『矢倉と八津は、一瞬つきあったことがあるんだよ』

入学してすぐの頃、『マジだったのか冗談だったのか、判別つかないくらいあっと言う間に終わっちまったんだけどな』

ギイ。

『両想いを確認しました、はい終わり。みたいな状況をな、誰もつきあったとは呼ばないだろうが』

たった一瞬、恋人同士だった矢倉と八津。

つきあい始めの出端《でばな》を挫《くじ》くように矢倉が女の子と出会い、八津を捨てて彼女を選んだのに、その子ともすぐに別れてしまったという矢倉。

「どうして八津くんを選ばなかったんだい」

「当然だろ、恋愛なんかに現《うつつ》を抜かしてる場合じゃないさ。今は大切な受験の――」

「今じゃなくて、二年前だよ」

ぼくのセリフに、矢倉が黙った。

「――なんだ葉山、目の粗い笊《ざる》のように世間に疎《うと》いっての、あれガセか？」

ザル⁉

「そりゃ、疎いですけど……」

だからって、その言われ様も随分だよな。

「ふうん」

意味深長に頷いた矢倉は、「そうか、ギイと切れたって噂、やっぱりデマか」

またしても、スルドスギます矢倉柾木。

「えっ？　や、いや、そっちもホントな――」

「恋人が優秀だと、情報収集の手間が省けていいな、葉山」

「矢倉くん！　だから、ギイのことはともかく、そもそも二年前に八津くんのこと、どうして振ったりしたんだよ」

「さあな、どうしてだろうな」

ぼくの肩から両手を放し、ゆっくり後ろへ下がった矢倉は、「もう覚えてないな、二年も前のことだしな」

朝食、行こうや。

と、ぼくを促した。

学食で、顔見知りと挨拶《あいさつ》を交わしながら朝食を受け取る列に並んでいると、

「お、やっときたな、おふたりさん」

既《すで》に食事の載ったトレイを手にした反松が、「こいつら、朝っぱらから寮の廊下でイチャイチャしてんだぜ」

爆弾発言。

「どうりで、珍しいカップリングで現れたなと思ったんだよ」

列の前から後ろから、

「おい矢倉ぁ、今度は葉山とつきあうのか？　節操なしだな、お前」

「まったく、呆れるほど好みに統一性がないよなー」

口々に飛び交う冷やかし攻撃。

どんなに勝手なことを言われても、案の定、矢倉は否定も肯定もせず、冷やかしに照れも嫌がりもしない。

アヤシイ話題で盛り上がる賑やかな上級生たちに、慣れた様子で右から左と聞き流してるのが二年生、冗談にしてもキモチワルッとか、マジに受け取りややビビリが入るのが、一年生。

どこを見ても男だらけの全寮制の男子校なんだから、日々を楽しむコツとしてそれが男同士のものであれ（あればこそ？）恋愛ネタは欠かせない。そのうちイヤでも慣れてしまう風潮なれど、ぼくも入学したての頃は、あまりにおおっぴらで、びっくりした。

だがキモチワルッと言われようと、冗談だからこそゲーム感覚で遊べるのだ。たくさんの冗談やデマに紛《まぎ》れたほんの少しの真実には、気づかない方がしあわせなのだ。

「あっれー？　でも葉山って、ギイとできてるんじゃなかったのか？」

いきなりの核心に、ギクリとする。

「や、それは……」

どう誤魔化そうかと、口の中でモゴモゴ言いかけたぼくの言葉を遮《さえぎ》って、

「すげー矢倉！　あのギイより矢倉の方がいいってか？」

「たらしの本領発揮だな！　さすがだ、矢倉」

「それにしても階段長は、どの階ももてるね、イヤになるね」

「そりゃしょーがないだろ、あれは人気投票なんだから。一階から順番に、彼氏にしたい順番なんだぜ」

「おお、そこでもギイを抜いて一位か、矢倉！　わははっ」

ポンポンと無責任な会話が飛び交って、呆気《あっけ》に取られているうちに流れは更に違う場所へ。

いやいやいや、ありがたいほど、冗談だらけだ。

そうでした。女房妬《や》くほど亭主モテもせず、じゃない、自分が思うほど、他人は自分に関心を寄せたりしないものでした。ぼくと矢倉がどうでも、ギイとぼくがどうでも、駄洒落《だじゃれ》ではなく、どうでもいいと思ってる人にしてみたら、まったくもってどうでもいいことなのだから。

なんだ、神経過敏に反応したりして、損したな。

「妬くな妬くな、ほら、オハヨウの抱擁」

笑いながら、矢倉がからかうひとりをぎゅっと抱きしめると、

「やめろーっ！　離せよ矢倉！」

抵抗してジタバタするが、心底嫌がってる感じでもない。

「ママからのオハヨウのキスよん」

「ぎゃーっ、マジでよせって、矢倉ぁ！」

そうか、こんな調子で誰にでも軽くやっちゃうんだ、矢倉くんって。

ふと視線を感じて周囲を見回すと、列の前方、食事を受け取ったばかりの八津が、呆れたような眼差しでこっちを見ていた。

その八津を、取り巻きであろう友人のひとりが迎えにくる。彼は、呆れたというよりは小馬鹿にしたような視線をこちらへ流して、八津を誘って向こうのテーブルに歩いて行った。

八津を気に入ってる取り巻きたち。おふざけよりカタい会話ばかりしていそうな、学年でも試験で上位に食い込む面々だ。

「冗談、通じなさそう……」

ぼくにはちょっと、窮屈《きゅうくつ》かな。

と、その時、

「葉山っ、葉山っ、お前が代わりにキスされろ！」

いきなり腕を引かれたぼくに、

「そうか、葉山にママのオハヨウのキスか」

矢倉のアップが迫ってくる。

「わっ、ややめろってば！　矢倉くんっ！」

寸止めで、ニヤリと笑う矢倉の頰を、ぼくは遠慮なく引っ張った。——やれやれ、砕け過ぎも迷惑だ。


放課後、担任の大橋《おおはし》先生に子猫のエサやりを頼まれたぼくは、校舎を出て、いそいそと温室へ向かった。

もうすぐお別れしなくちゃならない、三匹の子猫。引き取ってくれる家を探しに、明後日の日曜日、真行寺《しんぎょうじ》と出掛けることになっていた。

林の小径《こみち》を歩いていると、

「葉山くん！」

背後から誰かが走ってきた。

振り返ると、八津宏海。彼は全力疾走《しっそう》の勢いで、ぼくのそばまで一気に寄ると、

「歩くの、けっこ、早いね」

肩で荒く呼吸をしながら、「廊下の、窓から見つけて、すぐ、追いかけたんだけど、途中で見失っちゃった、かと、思ってた」

涼しいというより肌寒い陽気なのに、額に汗。

「そんなに急いで、どうしたんだい？」

「話が、あ、るんだけど、いいかな」

「いいけど……」

片想いのふりを断わった時点で、ぼくとしてはあれはもう『終わったもの』としているのだが、果たして八津も、そう思ってくれてるだろうか。

「その……」

八津は手のひらで胸の辺りを軽く押さえると、「駄目だ、歩きながら、いい？」

呼吸を整えるので、精一杯。

のんびりお散歩ペースで、ぼくたちは黙ったまま、しばらく並んで林を歩く。

やがて、

「葉山くん、今朝、大丈夫だった？」

と、八津が訊いた。

「なんのこと？」

「矢倉だよ。朝、学食で一緒にいたよね」

「うん、朝食を誘われたんだ」

「嫌がらせ、されてなかった？」

「されてないよ、どうして？」

　あのハイテンションのおふざけが、八津には嫌がらせに見えたのかな。

「違うんだ。なら良かったけど、矢倉には下手に関わらない方がいいからね。気まぐれでいい加減なヤツだから、振り回されて迷惑するよ」

　迷惑、かあ。

「その割に、友人たちから慕われてるよね」

　不埒《ふらち》な評判をものともせずに、矢倉にちょっかいを出す多くの人々。渋い雰囲気の、というか、要するに、かなり無愛想なそのルックスからはちょっと想像できない、矢倉のきさくさ。真顔と笑顔のギャップも含め、かなり『良い男』だと、ぼくは思った。――もちろん、ギイには負けるけどね。へへ。

「……それ、かなり矢倉寄りの発言だね」

　複雑な表情で、八津がぼくを見る。

「ぼくはどっちの味方でもないよ、八津くん」

ただの通りすがりの身なのだから。

「この前の非礼のお詫《わ》びに、これ、誘おうと思ってたんだ」

やや俯きがちに、八津がズボンのポケットからハガキを一枚、取り出した。「映画の試写会の招待券が当たったんだ。ハガキ一枚で二名様まで」

見ると、日付は今週末《あさって》の日曜日。

「せっかくだけど、ごめんね八津くん、日曜日はちょっと……」

真行寺との先約が入ってる。「映画なら、ぼくより赤池くんを誘ってあげたらどうかな」

「赤池が、大の映画好きだから？」

「うん」

「でも、赤池に借りはないからな。――もしかして、映画、嫌いだった？」

「そんなことないけど」

「なら、俺とふたりきりで出掛けるの、抵抗あるんだ？」

「それも違うよ。違うけど、こんな風にぼくに気を遣ってくれなくていいからさ。この前のことはもう気にしてないし、矢倉くんだって抜けたんだから、いっそ無かったことにしようよ」

「抜けたって、矢倉が、なに？」

訝しげに、八津が訊き返す。

「その話をされたんで、朝、一緒だったんだけど、って、あれ、八津くん、矢倉くんから聞いてない、……の？」

ええーっ？　だって、あれもひとつの別れ話じゃないか。ぼくが知ってて、当人が知らないなんて、そんなのあり？

「そんなこと、昨日は一言も……」

呆然と、呟くような八津の声。——矢倉や山形講師を牽制したくてぼくにキスまでしたのにな、八津くん、反応が矛盾しているよ。ここは喜ぶべきだろう？

それにしても、てっきり八津とのケジメをつけて、ぼくにはついでに報告してくれたものとばかり、思ってました。矢倉くん、やってくれます。読めません。

「ははっ。やっぱり、相当、気まぐれだよな」

移り気で、これだから矢倉は信用ならない。

苦く笑いながら、八津はハガキをぼくによこした。

「赤池に、プレゼント。葉山くんから渡しといてくれないか。都合がつかなければ、捨ててくれてかまわないからって」

「八津くん」

「こんなにあっさり引くんなら、端《はな》から騒がないでもらいたいよね」

だからてっきり――。「そんなこととは知らずに、……滑稽《こっけい》だな、俺」

自嘲《じちょう》気味に笑った八津に、林の空気に消えてしまいそうな、ひどく儚《はかな》い風情の八津に、

「ね、ねえ八津くん、日曜日は、あの、もう用事が入っちゃってて無理なんだけど、良ければ明日の土曜日、午後とか、街に行くってのどうかな。買いたい文房具とかあるし」

気づくとフォロー態勢のぼく。――あれえ?

ぼくはぼくで矛盾しているけれど、でも。

「葉山くん……?」

「それとも、矢倉くんのことが解決したら、ぼくも用済み?」

このままにはとても、しておけない。

「そんなこと」

はにかむように、八津が微笑む。「ありがとう、葉山くん」

けれどそれは、胸が切なくなるくらい、やはり儚い笑顔だった。

「なんだよさっきからニヤニヤしてて、ブキミだってば、託生ィ」

「ン？　そんなことないよ、気のせいだよ、利久クン」

フッフッフ。

「俺、よその席で食おうかなー」

尻《しり》をもぞもぞさせて、利久が椅子《いす》から立ち上がろうとする。

「まあまあ利久、落ち着いて」

「落ち着いてるよ、ヘンなのは託生の方だって言ってんのに」

そわそわと周囲を彷徨《さまよ》う利久の視線。——誰かに救いを求めようなんて、許さないぞっ。

賑やかな夕食時の学食。大橋先生と別れて温室から戻る途中、弓道部が使う道場の出入り口で、部活が終了したばかりの利久に偶然呼び止められ、渡りに船とばかりにぼくは利久へ、たまには一緒に夕飯を食べようと持ちかけて、現在に至る、のだ。

「なあ利久、前に、なんかぼくに相談したいことがあるとか、言ってなかったっけ？」

さあ白状するのだ、利久くん。

「ないないない、なにもない」

む。ひどいな、その否定のし方。

「話を聞いてくれって、何度もしつこく食い下がってたのはいったい誰だよ」

WARNING

新学期が始まってからこっち、ぼくこそ自分のことで手一杯で、結局相談どころか話すら聞いてあげられなかったのだが。

「ちが、も、あの時のはもういいんだよ」

「解決したってこと？」

なんだ、そうなんだ。

てっきり、春休みにめでたくできた初めての彼女のことで、どうしていいかわかんないよー相談でもあるのかと推測してたのに、つまんないな。

「そ、それよりさ、託生、すっげ、話があるんだけど」

きみに彼女ができたという以上の凄《すご》い話なんてないと思うけどね。

「なんだよ、利久」

一応聞いてはあげるけど、つまんない話だったら即、却下だぞ。

「同室の富士岡《ふじおか》が言うにはさ、俺の寝相ってミョーなんだって」

「寝相？」

それのどこがすっげ話なんだよ。「ぼくの記憶違いでなければそんなに悪くなかったよね、利久の寝相」

一年の時は、ぼくと同室だった利久。取り敢《あ》えず、ベッドから落ちたことは一度もなかったはずだ。

「悪いどころか、金縛《かなしば》り状態なんだってさ。一ミリたりとて身じろぎもせずに、朝までずっと同じポーズなんだって」

「え？　それって、全然寝返り打ってないってこと？」

「らしいよ」

って、暢気だな利久。寝返り打たない寝方なんて、もの凄く不自然で不健康じゃないか。

「富士岡くんが、発見したんだ？」

「そうそう。夜中に起きてトイレに行ったりするじゃん、その時にわかったらしい。最初は気にも留めてなかったけど、毎晩必ず『きをつけ！』の姿勢のまま、がちがちになって寝てるんだってさ。それはそれは不気味で、ロボットじゃないんだから寝返りくらい打てって、からかわれてんだよ」

不気味……。確かに、そうかも。

「それだと、せっかく寝てても疲れるだろ、利久？」

いかにも肩凝《こ》りそうだな。

「うん、多分」

「多分って、ヒトゴトじゃないんだから」

「だって、自覚症状ないんだもん。疲れてもいないし」

「それはやっぱりヘンだよ利久、富士岡くんの言う通り、とってもミョーでブキミだよ。一度病院で診《み》てもらった方がいいって」

「や、やめてくれよ託生。脅《おど》かすなよな」

「だって利久、自覚はなくても無意識に、すっごく気掛かりなことがあったりすると、そんな寝方になるって聞いたことがあるよ。脳がリラックスできなくて、体は寝ててもちっとも休んでない状態なんだって」

「そ、そんな大袈裟《おおげさ》なもんじゃないさ。それに、去年もずっとこんな調子で寝てたのかもしれな、あっ！　そうだよ託生、これが俺のスタンダードなのかも！」

そんなわけないだろ。と突っ込もうとして、可能性がまったくないわけじゃないことに気がついた。

「そうだ。岩下《いわした》くんだったら、わかるかもね」

「えっ！」

「——なんでそんなにびっくりするんだよ」

「び、びっくりなんか、して、してないぜ」

してるじゃないか、しっかりと。

――あれえ？　なんか、変だぞー。

「去年の利久の寝相なら、誰よりも、同室だった岩下くんが知ってるはずだよね」

富士岡が不気味がるほどの、インパクトの強い寝相なのだ。そんなに凄い光景を、岩下くんも見ていたならば、忘れているはずがない。

「そっ、そりゃそうかもしれないけけけけどさ」

……けけけ？

「金縛り状態が利久のスタンダードなのかどうか、岩下くんに訊いて確かめよう。それが標準なら、やれ病院だ神経疲労だとか心配することないものね」

「心配なんてしてないってば、託生が勝手に言ってるだけで」

「なに、その言い草。人がせっかく心配してるのに」

「じゃなくて、わざわざ、いいよ。ちっとも困ってないんだし、それに、あの……」

「ねえ利久、あんなに仲良くやってたのに、いつの間にそんなに岩下くんのこと、嫌いになっちゃったんだい？」

「きら嫌ってなんか、ないよっ」

動揺しまくりだね利久くん。

おかげで思い出しましたよ、そうでした。

『託生、俺、どうしよう!』

利久がぼくに抱きつく寸前、あの時も、ちょうど岩下くんの名前が出てなかったか? 利久が上の空になった一瞬、人波の前方にいたのは、岩下くんじゃなかったのか?

「春休みの間に、岩下くんとなにかあった?」

問いに、瞬時に利久が強《こわ》ばった。

「ぼくに相談したいことって、実はそのことじゃなかったの?」

「……違う」

ボソリと、利久が応える。

「それならいいけど、じゃあ、前に利久が言ってた相談って、なに?」

「だから、それはもういいんだ」

「ふうん……」

もう解決したとして、でもその割に、表情は冴《さ》えないよね。もしくは、事情が変わって、解決はしてなくてもぼくに相談できる状態じゃなくなったってこと、かなあ。

「俺さ託生っ」

テーブルに大きく身を乗り出して、「託生とこうやって一緒にご飯とか食べるの、楽しいんだ」

利久が力説した。

「――なんだよ、唐突に」

「それだけ」

背凭《せもた》れに引く。

「へ？」

「託生のこと好きだし、それだけで楽しいし、満足してるし」

「はい？」

「これだって、好きのうちだよな」

「そりゃそうだけど」

筋書きが、見えない。

「託生ってさ、好きな人、いる？」

「なんですかーっ？」

こら利久、これはいったい、どういう展開だ。先に質問したのはぼくなんだから、きみはきちんと問いに答えろ。

むすっと口を閉ざしたぼくに、

「え、じゃ、託生って、彼女いない歴、何年？」

利久が質問の譲歩をする。

自分は晴れて記録更新が止まったろうけど、

「十七年だよ、悪かったよ」

ヤなこと訊くなあ、ケンカ売りたいのか、おい？

「別に、悪くはないけどさ……」

口籠《くちご》もる利久に、

「この春休み、彼女ができたんだって？」

単刀直入に切り出すと、利久はみるみる真っ赤になった。

「なっ、ななんで知ってるんだよ、託生」

「そっちこそ、どうして教えてくれなかったんだよ。水臭いったら」

「や、いや、別に、隠してたわけじゃないよ」

「へえ、そう」

つい冷ややかに利久を眺めてしまう、ぼく。

「だ、そのこと、誰に訊いたんだよ、託生ィ」

「そんなに恨《うら》めしそうに見なくたっていいだろ。仲之から昨日、聞いたんだよ」

「平沢がなんで彼女のことなんか、知ってるんだよぉ」

「電話の取り次ぎがきっかけらしいね。あの様子だときっと、利久のクラス全員、知ってるんだろうな」

「げー。これだから、もぉ」

頭を抱えてテーブルに肱《ひじ》を突いた利久に、

「いいじゃんもう、腹を括《くく》ってぼくに話せよ」

「話すけど！　実はさっきから話そうとしてたんだけど！」

「あ、なに、さっきからのトンチンカンな展開、それの前振りだったんだ？」

「トンチンカンって言うな。どう切り出せばいいか、これでも必死に考えてたんだからな」

「ごめんって。でも利久こそ、好きな女の子なんていないってずっと言ってたのに」

女の子とつきあうのは大変そうだー、とか、実際につきあってもいないのにあれこれシミュレーションしては面倒臭がっていたのにね。

「ウソなんかついてないよ」

両手で顔を覆《おお》った利久は、「帰省した日に駅でばったり友達に会って、そいつらと一緒にいた何人かの女の子のひとりが出身中学が同じ子で、当時は一度も喋ったことなかったんだけど顔はお互いに知ってて、グループに混ぜてもらって何回か遊んだりしてるうちに、気づいたらそういうことになってたんだよ」

指の隙間からぼそぼそと説明した。

そんなに照れなくたっていいのにねえ。

「良かったじゃないか、利久」

つまり、またしても利久くんは、充実した『楽しい春休み』をお過ごしになったと。――いや、マジに羨《うらや》ましがったりはしてないけどね。ぼくだって、充実した、それはそれは楽しい春休みでした。はい。

「彼女から寮へ電話がかかってくるということは、つきあいは順調ってことなんだろう？　どんな子？　あ、利久って面食いだったっけ？」

そういえば、好きなアイドルとかの話もろくにしたことなかったな。ぼくがそっち系に疎いせいもあるけど、利久もポスターを壁に貼《は》るタイプじゃなかったから。

ようやく顔を上げた利久は、

「外見は普通だよ」

「へえ、そ……」

「普通に可愛い」

「……うなんだ」

なんだ、やっぱり面食いなんじゃないか、利久。

「写真は？　利久、プリクラとかないの？」

こうなると、ぜひとも顔を見てみたい。

「実家に置いてきたよ、そういうのは」

「え？　どうして」

「どうしてって、だっていらないだろ、ここで生活するのに」

当然々と応えた利久に、

「だって利久、つきあってる彼女のプリクラだよ。みんな、学生手帳にこっそり貼ったりしてるじゃないか」

いや、章三が奈美子《なみこ》ちゃんのを貼ってるかどうかは、知らないけどね。

ピンとこない表情でぼくを眺める利久に、ぼくの方こそ不可解な感じ。

吉沢が祠堂入学前の高林泉の写真を内心欲しがってたように、二年前、ツーショットではなくとも八津と一緒に写した写真を矢倉が欲しがったように、好きな人の存在って、常に身近に感じていたいものじゃないのか？

「利久、彼女のこと、ホントに好き？」

「好きだよ」

即答した利久は、「ただ——、その、託生と、託生とご飯食べるみたいにさ、一緒にいると楽しいんだけど、女の子なのにバイクとか機械ものが好きでさ、趣味とか合うし、話しやすいって言うか、でもさ、俺、正直に言うとよくわかんなくて」

「なにがわかんないんだよ」

わけわかんないのは、こっちだよ。

「優しくてさ、面白くてさ、いい子なんだ」

おお、一人前にのろけてるよ、あの利久が。

「はいはい、しかも可愛いんだよね」

「ふたりきりでも全然緊張しないしさ、なんでも話せるしさ」

言いながら、利久の声のトーンが尻すぼみに落ちてゆく。

「――利久？」

「……この前のバレンタインん時、俺、チョコレートもらったんだ」

「え、彼女に？　なんだ、春休みより前に、もう始まってたんだ」

って、なのに偶然の出会いが春休み？　あれ？

「違うよ、他の奴」

なんと！

「もててるなあ、利久。お母さんとお姉さんにしかチョコもらえない、とか嘆いてたの、ポーズだったんだ」

「託生だって、俺からチョコ、もらったじゃんか」

「確かにもらったけど、意味合いが全然違うだろ」

そもそもあれは『もらった』というよりも、機に乗じて『買わせた』だからね。

「経緯はどうでも、受け取っただろ」

「受け取りましたよ」

おかげで友人がひとり、増えました。彼もどうやら、しあわせなようで。ちゃんと感謝してますよ、利久くん。

「俺だって、ただ受け取っただけなんだからな。おすそわけだって差し出されて、旨《うま》そうだったから、部活の皆でどうぞってすすめられたから、だから、ありがたくちょうだいしただけなんだからな」

憤るように、利久がテーブルを睨む。

「利久、ごめん、めっきり話がわけわかんなくなってきた」

「なんでドキドキしないんだろ！」

「はあ？」

「託生、俺といて、ドキドキする？」

「するわけないだろ」

間髪入れず否定したぼくに、顎《あご》を引いた利久は、

「……だよな」

ちょっぴり不満そうに、納得した。

「利久だってしないだろ！」

どこが不服だ。

「あんまり、しない」

「ちょ、なんだよその、あんまりってのは」

「たまーに、久しぶりに会うと、ちょっとだけ『どきっ』てする。託生が笑顔ならいいけど、そうじゃない時に、どきってなる」

それ、種類の違うドキッだ。

「わかってるよ、兄のようにぼくが心配だからだろ？」

「だって託生、不器用だし、いろいろ気掛かりでさ」

「でも利久それってさ、ドキッじゃなくて、ギクッだよ」

またしても、なにか問題を起こしたか託生！　という、ギクッ。

――む。冷静に考えると、えらく不本意だな、これ。

「危なっかしくて目が離せないもん、託生ってば」

「それはどうも」

なるほど、そうか。ギイのような優秀な推理力を持ち合わせていないぼくにも、どうにかぼんやりわかってきたぞ。

「つまり利久、彼女といてもドキドキしないんだ」

なのに、チョコレートをおすそわけしてくれた誰かさんには、ドキドキするんだ。——って、相手、もしかして、男？

利久が？

うっそー。

「ドキドキしなくても、彼女といると楽しいんだよ！」

ムキになって、利久が言う。

やばい。ぼくの方がドキドキしてきちゃったよ。

「うーん、こんな日に外出しないってのは、もったいないなあ」

メガネを外し、青空へ大きく伸びをしてギイが言った。

「おかしな遠慮なんかしてないで、葉山とデートでもすりゃいいじゃん」

矢倉は笑って、自分も大きく伸びをする。「やっぱ春だね。空気がすがすがしくて、気持ちいいや」

土曜日の正午過ぎ、放課後だけあって校舎の屋上に人影はない。

矢倉はフェンスに指を掛けると、一本に繋《つな》がる寮へと帰る学生の流れに、

「こうして見ると、ホントにアリンコのようだな」

校舎から寮までの最短コースは、だだっ広いグラウンドをまっすぐ突っ切ることなのだが、グラウンドに沿って左側にズラリと並ぶ運動部の部室の前、そこを抜けてくのが次に短いコースで、更に左、正門や噴水のある舗装《ほそう》された通路が最も遠回りなコースである。相当な迂回《うかい》を余儀《よぎ》なくされる、三番目のコース。上から見ると一目瞭然《いちもくりょうぜん》の違いがあるのに、誰もがお行儀良く、わざわざ遠い道程を歩いているのだ。

「もっとバラけて歩けばいいのに？」

矢倉の気持ちを見透《みす》かしたように、ギイが訊く。

ゆっくり頷いた矢倉は、

「あれだよな、命令されてるわけでもないのに、無意識に自分たちでルール作って、それをま

た疑問も感じず守っちゃったり、するもんな」

「それを人は良識と呼ぶ」

「良識なのかな、そうなのかな」

「そうさ。もしくは自制だよ。全体の流れが齟齬《そご》を起こせば、当然、個人の計画も狂うだろ。通勤電車が止まると、会社に遅刻するようにさ。自分のリズムを守るために、全体の流れも大切にする。持ちつ持たれつ、だよな」

「でもさギイ、大きな流れに身を任せてれば安心だ。って、手抜きとも言えなくないか？」

「そういう面もあるだろうな。だからきっと、個人個人の問題だよ。オレが今、どうなのか。そういう問題」

神妙な表情で、何度か頷いてみせた矢倉は、

「個人の問題、ね」

呟いて、「善も悪も、ごちゃ混ぜってことか」

息を吐いた。

「どっちか一色ってのは、そりゃないだろ。何事も、一色で済まされるわけないもんな」

ひとつの局面に無数の対応。同じ出来事に、感想は人それぞれ。好意の称賛も悪意の中傷も、同じ場所に存在する。つまり、そういうことだ。

「彼らの内面は千差万別。なのに、全体の軌跡《きせき》は一本なんだ」

「やけに哲学するなあ、矢倉。どうした?」

「いや、どうもしないけど」

フェンスから手を引いた矢倉は、「それより、俺に話って?」

ギイに訊く。

「頼まれものを預かってるんだ」

学生手帳の間から、ギイが一枚の写真を抜いた。「これ、矢倉にって」

チラリと写真を覗き込んだ矢倉は、

「ああ、吉沢?」

納得して、「俺はいらないって、ちゃんと断わったんだけどな」

「せっかくだから、もらっておけよ。貴重な写真じゃないか」

矢倉はじっとギイを見ると、

「あーあ、どうもその目に弱いんだな」

ふにゃふにゃと、その場へしゃがんだ。

「オレの目が、なにか語ってたか?」

ギイもその脇にしゃがみこみ、「聞かせろ、矢倉」

目の前へ、写真を差し出す。

矢倉は仕方なしに受け取って、

「慈愛の眼差しってヤツなんだよ、俺にとっては」

改めて、写真を眺めた。

あどけない、八津宏海。その心許《こころもと》ない微笑みは、まだ、自分のせいじゃない。

「後悔してるんだ、八津をふったこと」

「してないさ」

「そうか？　聞いたぞ、例の件」

「――どこまで？」

「託生が矢倉の恋敵だってところまで」

「じゃ、情報の更新な。俺さ、イチ抜けた。山形の登場でカッとなってつい八津に詰め寄ったけど、そもそも怒る権利なんかなかったんだよな、俺にはもう」

「リタイアしたのか、矢倉」

「あれ？　ってことは、なんだギイ、情報の出所、葉山じゃないんだ。つまんねーっ」

「つまんねーって、おい、なにを期待してたんだ？」

「ギイと葉山の真相やいかにっ！」

「あーはいはい。オレも死ぬほど訊かれてるよ、そのことは」

「イメージチェンジの理由もか？」

タイトな髪形、アルミフレームのメガネ。「キレイなつくりものみたいになっちまって」元のパーツは同じなのに、髪形ひとつ、小道具ひとつでこうも印象が変わるものか。整い過ぎた美貌が仇《あだ》なのか、黙っていると、生きてる感じがしないほどだ。

「オレのことより、自分のこと」

「——まあな。ギイは八津とも親しいし、新卒の山形とも、既に交流あったりするんだよな。会話は英語なんだって？」

「詳しいな、矢倉」

「誰から話を聞いてても、おかしくないってわけだよな」

「そんなに八津が気になるなら、過去なんか水に流して、いっそ、またつきあえば？」

「無茶言うなって」

「無茶なのか？」

「まったくもって、不可能だね」

「そりゃ残念」

「なんだよ、ギイ」

ちいさく吹き出した矢倉は、「何年かすれば、良い記念になるのかな」

指先で、そっと写真の表面を撫《な》でる。

「絶対不可能！　とは言わないよ」

からかうギイに、また、笑う。

「うー、さっさと卒業しちまいたい」

一日でも早く、高校生を卒業したい。

「それ、矢倉の口癖《くちぐせ》だよな」

一年の時から聞かされてる。「寮生活が窮屈って意味じゃないんだろ？」

「窮屈さなんて、家にいたって似たようなもんだ」

「とは言え、社会人もラクじゃないぞー」

「勤労高校生だもんな、ギイは。先輩っ、俺の師匠《ししょう》になってくださいっ」

「やだよ、そんなに態度のデカイ弟子《でし》なんか」

「今日から謙虚になりますです」

「あー腹減った。矢倉、学食行こうぜ」

すっくと立ち上がったギイに、

「ぐす。軽くあしらわれちゃったよ、俺」

傷ついたふりをしながら、矢倉も立ち上がった。

重い鉄のドアを開け、

「冗談はさておき、なあ矢倉」

「ん?」

階段を、階下へ降りる。

「深く考えなくていいからさ、応えてくれよ」

口ではそう言うものの、

「なに?」

のんびりしたポーカーフェイスは崩さぬまま、猛スピードで思考を巡らせながら階段を昇降する時にポンポンと手摺《てす》りを叩くの、ギイのクセだよな。

「オレが写真預かってきたの、迷惑だったか?」

矢倉はふと、足を止めると、

「深く考えたらいけないんだよな、ギイ?」

と訊く。

「ああ、単純に応えてくれよ」

「だったら返事は、ありがとう、だ」

「――そうか」

良かった。

微笑んだギイに、矢倉も素直に笑みを返した。


花弁がちらほらとまだ枝に残る、正門から長く続く桜並木。約束どおり、街まで一緒に出掛けることになった八津と、その他の、なんでか合流している賑やかな友人たちとバス停に向かって歩いていると、エンジンの止まった一台の車が道の左に停《と》まっていた。

陽の光に、光沢《こうたく》のある鮮やかなグリーンの車体が、眩《まぶ》しいほどに輝いている。

ボンネットには初心者マーク。

「きっと卒業生の車だぜ」

「あれ、ゴルフの新車じゃん？　ちっちゃいヤツ」

「だれっだれっ、誰の車？　いきなり外車で新車なんて、金持ちクサー」

明るい日差しのせいで、フロントガラスには周囲の景色ばかりが映り込んでいて、ここからの距離では、車内の様子はわからない。

春先の土日にはたまに、卒業したばかりの先輩がクルマを見せびらかすためだけに、わざわざ祠堂へ舞い戻ることがある。得意そうに免許証まで見せて、お前らはまだまだコドモだねー、と優越感に浸りにくるのだ。

でもってぼくらときたら、そんなことするそっちこそコドモじみてるじゃないか、と負け惜しみを言いつつも、やっぱり羨ましかったりするのである。

ぼくたちより前方を歩いている二年生数人が、車の脇で足を止め、

「あ、こんにちはー」

車内へ長閑《のどか》に挨拶していた。

「ほう、おっかない系の先輩じゃないな」

友人の推理に、皆が受ける。

「かと言って、ナメられてるっぽくもないよねえ」

「中堅どころの先輩ってことか？」

「そうそう、ランク分けするとな」

「上から順に、おっかない、ふつう、情けない、だろ？」

「どういうランクだよ、そりゃ」

ドッと笑いが起きて、八津も笑った。

「ゴルフってドイツ車だよな」

「じゃ、左ハンドルだ」

「今は日本輸出用に、右ハンドルも作ってるんだぜ」

「ちょっと前まで特注だったのにな」

「ここで問題です。あのゴルフ、右ハンドルか左ハンドルか？」

「俺、右に百円」

「俺も右に百……って、げ、見えちまった。右だ、右」

「なーんだ、つまんねーの」

「あれ、草野《くさの》先輩じゃん？」

近づくにつれ、車内の様子が外からもくっきりとわかる。右側の運転席で、携帯電話でなにやら楽しそうに喋っていたのは、

「ホントだ。草野先輩だ」

友人たちが呟いたその名前に、珍しくぼくも聞き覚えがあった。

八津の歩調が、気のせいか、弛《ゆる》くなる。

草野良文《よしふみ》先輩。無類の読書家で、ぼくが図書当番をしていた時に、何回かカウンターで応対したことがある。本の扱いが丁寧《ていねい》な、とても穏やかな人で、この春に東京の大学へ進学した。

ぼくたちに気づいた草野先輩は、携帯を切ると、

「久しぶりだね」

わざわざ車から降りてきた。

恒例行事のように卒業生が意気揚々《いきようよう》と車を見せにくると言っても、不特定多数の学生に見せびらかしたいわけではなくて、まあ、注目を集めるには集めるからそれも目的のひとつかもしれないが、大抵は、ひとりにしろ複数にしろ、コイツに見せてやる！　という、具体的なターゲットがいるものなのだ。でなければ、偶然通りかかる学生しか、羨ましがらせることができないから。事前に連絡して待ち合わせするなり、いきなり電話で呼び出すなりして、ほーらご覧、とやるわけだ。——ぼくのカンだと、さっき携帯で楽しそうに話してた相手が、草野先輩のターゲットと見た。

見せびらかされた方としても、その後で新車でドライブが楽しめる（？）し、街まで往復してもらい、ついでに食事まで御馳走《ごちそう》になる、ということもままあるので、満更《まんざら》悪い慣例ではないのかもしれない。

「でも草野先輩って、こういうことするタイプには見えなかったんだけどなー」

素朴な感想を述べた誰かに、

「すごーく生意気な後輩に、みせびらかしてやろうと思ってね。草野さんのようなトロい人に

運転免許なんか一生取れないだろうって、散々からかわれたお返しなんだ」

――なんとなく、ぼくも誰かに言われそうなセリフだな。

「葉山くんも、アクセルとブレーキ、踏み間違えそうな感じだよね」

だからって、ここでいきなりそれを言わなくても、草野先輩！

「そ、そうですか？」

「こう見えても、葉山くんしっかりしてるから、そんなことないんじゃないですか」

意外な味方がすぐそばにいた。

八津はぼくの肱へ手を掛けると、

「バスに乗り損《そこ》なうよ。急ごう、葉山くん」

強く引いて、歩きだした。

「おい、待てよー」

わらわらと追いかけてくる友人たち。

ぼくたちがバス停に着いたまさしくその時、路線バスが到着した。

「八津が話を切り上げてなかったら、俺たちマジ乗り損ねてたな」

座席に座って、皆、安堵《あんど》する。

たまたま空いてた運転席の真後ろに、並んで座った八津とぼく。窓際《まどぎわ》の八津は窓ガラスに頭を寄せて、眺めるでなくぼんやりと外を見ていた。

祠堂の学生で満員御礼のバスは、山奥からどんどん街中へ進んでゆく。バスの路線は狭いながらもこの界隈《かいわい》ではメインストリートで、バスがバス停に停まる度に、対向車の途切れた機会を窺《うかが》っては、たくさんの後続車がバスを追い抜く。

ぼんやりしていた八津が、ハッと顔を上げた。八津の視線の先、バスを抜いた一台は、草野先輩の車だった。

……やぐら。

と、無音のまま、八津がその名を口にした。

思い出した。草野先輩の名が記憶に新しいのは、つい最近、その名を耳にしたばかりだからだ。矢倉に告白した同級生が、まだ草野先輩と続いてるのかと訊いていた。

通路にぎっしり学生が立ち、目の前は運転席の背後の広告板。窓の外の様子を知るにも、ぼくの位置からは真横の八津の向こう側くらいしか見えなくて、バスを抜き去った草野先輩の車に誰が同乗していたか、確かめることはできなかった。

あの時に、矢倉本人は肯定も否定もしなかったけれど、でもギイは、あっさり否定してなかったか？　草野先輩と矢倉はつきあっていたのかとぼくが尋《たず》ねたら、そんな話、聞かないな。と、確か否定してなかったか？

星の数ほど浮いた噂があっても、

『実際、誰ともつきあったことないんじゃないか』

そうギイは、言っていた。──あのギイでも、読みを間違えることがあるんだな。

「ねえ葉山くん」

ポツリと八津が口を開いた。「二度あることは三度あるって、本当かな」

「単なる諺《ことわざ》だから必ずそうなるってことじゃないと思うけど、どうして？」

「三度も俺、耐えられないよ……」

「──八津くん？」

下唇を噛《か》みしめた八津は俯いて、拳《こぶし》で目尻《めじり》をきつく押さえた。

矢倉と八津の微妙なバランスを崩すきっかけとなった、山形の乱入。

「これ、おごりな」

安っぽい木のテーブルにトンと紙コップのコーヒーを置いて、山形が愛想笑いをした。

「どうも」

手にした紙コップを目線に上げて、取り敢えず礼を言う。「いただきます」

土曜日の午後だというのに、珍しく閑散《かんさん》とした学生ホール。窓際の席に、ギイと山形は向かい合って座っていた。

だいぶ祠堂の生活に慣れたのか、いつもならば英語で話しかけてくる山形が、ふたりきりでも日本語を使った。——いくらアメリカ帰りだからって、どこから見てもまんま日本人のルックスしてて、国籍だって日本人なんだから、なにかにつけてアウチとかウップスとか英語でリアクションするの、やーな感じー、だよなー。という学生たちの陰口が、やっと耳に入ったのかもしれない。

郷《ごう》に入っては郷に従え。学生に嫌われたら、学校生活は地獄である。

「——話ってのは外でもない、宏海のことなんだけどね」

遠慮がちに、山形が言う。

目の前で見せつけられた、八津と託生のキスシーンが相当ショックで、未だに尾を引いてるらしい。

おまけに、矢倉。

「宏海の両親に、くれぐれもよろしくと頼まれてきたが、参ったよ」

告白にしろキスにしろ、人前であんなことするような子じゃなかったのにな。「ギイ、や、崎《さき》くんは、宏海と親しいんだったよね」

フレンドリーと言えば聞こえは良いが、着任したてでいきなり学生を愛称で呼んだりしたならば、周囲からは馴れ馴れしいとの批評を受けよう。迂闊な言動にも、学生たちのチェックは厳しいのである。まがりなりにも講師も教師。先生は、大変だ。

「親友ってわけじゃ、ないですけどね」

ギイは一口、コーヒーを飲む。

「それなんだよ。宏海の親友って、誰なんだい？　みんなと仲良くしてるけど、特別に親しい生徒もいないようなんだけど」

へえ、意外にちゃんと見てるんだな。

「赤池じゃないことは、確かですよ」

からかうと、山形はやや赤面しつつ、

「あれは僕の早とちりだよ。せっかくの再会なのに、宏海が妙によそよそしいから、こう、変に勘《かん》ぐってしまったんだな」

「自分以外に好きな存在ができたかな、って？　後ろめたいから、よそよそしくなったんだろう、ですか？」

「いや、まあ……」

ふうん、しょってるな。

「感覚の話ですけど、人間って、大人になるほど一年が短いらしいですよ」

「年を取るほど、一年過ぎるのが早く感じられるってことかな？」

「そうです。思い出すと笑っちゃいますけど、どうしても欲しいオモチャがあって親にねだった時、来年の誕生日に買ってあげようと言われて、絶望的な気分になったことがありました。六つとか七つとか、そのくらいの頃でしたけど、来年はすごく遠かった。来年がくるまでの間に、今夜、先ず寝ないとならないんですよ。百から先もろくすっぽ数えられないのに、いったいどれだけ待てばあのオモチャが手に入るのかと、子供ながら呆然としましたね」

「つまり……？」

「会えなかった数年は、山形さんには一瞬でも、子供の八津には途方《とほう》もなく長い時間だったかもしれないってことです」

その間に、子供はあらゆることを吸収して、どんどんと成長する。そして同時に、多くのことを忘れてゆくのだ。目まぐるしい変化。環境も、自身も、ひとつとして同じ場所でとどまってはいない。

「別れる前と同じ感覚でいられるのは、つまり僕が大人になってしまってたからで、子供にそれは通用しないってことなのかな？」

よそよそしさは、単に人見知りされたからだと言いたいのか？

「山形さんが懐かしむほど、八津は山形さんに会いたがってなかったと思います」

「ハハッ。はっきり言うねえ、崎くん」

だが、そんなはずはあるものか。「宏海と僕は、それはそれは仲良しだったんだよ」

わかんない人だな。過去どんな間柄だったとしても、それらはすべて、八津にしたら忘却の彼方《かなた》、大昔の話じゃないのかと言ってるのに。

「それはそれは仲良しだった八津と、どんな約束、してたんです？」

「ナイトの約束だよ。宏海が本当に困ってしまった時には、必ず助けに現れるって」

「山形さん、高校も大学もずっと留学生活でしたよね。日本にいる八津とそんな約束したところで、守れっこないじゃないんですか？」

「口からでまかせなわけじゃないよ。中学までは日本にいたし、留学してても高校の時は長期の休みには帰ってたから」

「なのに実際、八津が助けを求めた時には、なにもしてあげられなかったんだ」

ふっと押し黙った山形に、ピンとくる。――そうか、向こうで恋人ができてからは、休みに帰省しなかったんだ。

「……或る日ホームステイ先に、子供らしい悩みを綴《つづ》ったエアメールが届いてね。もちろんすぐに電話はかけたんだけど、思ってたより声が元気そうで、それなら大丈夫かなと」

「手紙、一通きりでしたか？」

「や……、三、四通かな。しばらくしたらパタリと来なくなって、ああ解決したんだと安心してたんだけどね」

「手紙に返事は？」

「多分、出してるはずだよ」

多分、ねえ。

「そんなに楽しい留学生活だったんですか？」

「勉強が大変で、他にもあれこれ、忙しかったんだ」

「八津より大切な人もいたし？」

「それとこれとは――！」

「悪いと思ったけど、調べさせてもらいました。その頃から結婚を前提につきあい始めた女性がいましたよね。それが破談になったから、山形さん、帰国したんじゃないですか。その人とうまく行ってたら、留学先で就職を検討したんじゃないんですか」

自分が深く傷ついてポッカリ空いてしまった心の穴を、以前に自分をとても慕ってくれていた可愛らしい存在に、埋めてもらおうとしたのだ。「随分と虫の良い話ですよね」

「そんなんじゃないよ、僕はただ――」

「八津が救いを求めてた時には捨てておいて、今頃のこのこ現れたところで、まともに相手にされるわけがないじゃないですか」

「崎くん！」

「八津はきっと、真剣だった。当時、山形さんのことを心から信頼して、わざわざエアメールで悩みを打ち明けたんだろう。なのに曖昧な対応で終始されて。悪意があったとかなかったとかそういう問題ではなくて、真摯《しんし》に誠実に想いを寄せてた山形さんにそんな対応をされて、傷つかなかったはずがない。当時の八津にとって、山形さんは世界で一番頼れる存在だったはずだ。親でも他の誰かでも、悩みを打ち明けられる人が別にいたならば、わざわざエアメールなんか送らないからな。人間不信にだって陥《おちい》るはずだ。たとえ八津が、された仕打ちがもう気にならないほど成長していたとしても、一度受けた心の傷がきれいさっぱり消えてしまうわけじゃない。どこかに静かに残っているから、だから八津には親友がいないんだよ」

「失礼だろ。僕ひとりが悪者なのか？　ならばあの、矢倉という学生はなんなんだ。彼は宏海を振ったんだろ？　僕ひとりが悪いわけじゃあるまい」

「最初に傷をつけたのが山形さんで、傷口を広げたのが矢倉だよ。ふたりして、八津を追い詰めたんだ。少しでも八津に対して済まない気持ちがあるのなら、そっとしておいてやるべきだね」

八津を取り巻く、波風の少ない穏やかな日々。それを矢倉はずっと守ってきた。八津を振った償《つぐな》いで、ではなく、そういう意味ではなく。

──早く卒業しちまいたい。

矢倉、オレもそう思う。早く卒業させてやりたいよ。

「そんなこと、きみから一方的に言われたところで、そうそう納得できないな」

「だったら、こんなところで下手な探りを入れてないで、直接、八津に本心を尋ねればいいだろ」

ったく、後ろめたいのはどっちだよ。「山形さんに限らず、八津が誰をどう思ってるのか、本人に訊くのが一番だからな」

半分以上飲みかけの紙コップをぐしゃりと潰《つぶ》すと、

「ごちそうさん」

ギイは椅子から立ち上がり、出入り口のゴミ箱に投げ捨ててから、学生ホールを後にした。

「あれ、やけに早かったんだね」

270に戻ると、立ったまま机で書類の整理をしていた三洲が、「まだ六時前じゃないか。なに葉山、てっきり外で夕飯を食べてくるものと思ってたのに、八津とのデートじゃ物足りなかったか?」

軽く笑った。

「そんなんじゃないけど。——三洲くん、忙しそうだね」

「前期は行事が立て続けにあるからね、準備の雑用に追われてるんだよ」

束ねた書類をトンと机へ揃えると、「戻るの遅くなりそうだから、最悪、点呼よろしくな。構内のどこかにはいるから、外出はしないから」

「うん、わかった」

それじゃ、と三洲が部屋から出て行く。

ぼくはジャケットをベッドに脱いで、そのままドサリと座り込んだ。

「ギイ、どこにいるんだろう……」

こんな時、去年までなら部屋に戻ればギイがいて、どんな難題もその場で相談できたのに。たとえ解決はしなくても、気持ちは充分、楽になれたのに。

訪ねてみようか、300番へ。

思いついただけで、鼓動《こどう》が跳《は》ね上がる。

「駄目だ、緊張してきた」

大義名分、なにかないか？

言い訳が欲しくてあれこれ考えを巡らせていると、呼び出しの放送がかかった。

「270号室葉山さん、270号室葉山さん、二番に電話です」

別の意味で、緊張が走る。

耳の脇でプッリと切られた無言電話。相手も意図も不明だが、好意でないことは明らかだ。どうしよう、このまま居留守《いるす》を使おうか。五分以内に間に合わなかった振りでもいい。でももしも、ちゃんとした用件の電話だったら？

「いいや、もう」

ぼくは急いで、270を飛び出した。

階段を駆け降りて、二番の受話器を耳に当てる。

「――もしもし」

覚悟は決めてきたものの、走ってきたせいでなく、声が上ずった。

無音が続く。

「もしもし？」

傍《かたわ》らのメモには、なにも書かれていなかった。

電話の相手を確かめるのは基本だが、先方が名前を名乗らなくても取り次がれてしまうことがある。電話を取った学生の裁量の範囲内、つまりは気持ちひとつだからだ。

いきなり、くしゃくしゃに丸めた紙を耳元で鳴らされたような、ガサガサと低い耳障《みみざわ》りな音がして、通話が切れた。

溜《た》め息が出る。この無言電話には、なんの意味があるんだろう。

受話器を戻して、ボックスを出た。

ロビーは寛《くつろ》ぐ学生で賑わっていて、皆もう私服なので一目でどの学年が多いとか少ないとかはわからないが、見慣れぬ顔も多かった。

今年の新しい一年生。曰《いわ》く付きの、ぼくとは住む世界の違うチェック組の下級生たち。

ふと、誰かに見られてるような視線を感じて周囲を巡らせたが、どうやら気のせいのようだった。

「神経質になり過ぎだよ、こら」

どくどくと脈打つ鼓動が、やけにこめかみに響いていた。

その時、同じ二番の電話が再び鳴り出した。

ギクリと肩を竦めたぼくに、周囲の視線は当然のように、一番近くにいる人は電話を取りましょう。と、要求している。

立て続けに無言電話の確率は限りなく少ないけれど、心の準備なしには、とてもとても、出られない。——いっそまたぼくへの無言電話なら、却って好都合かもしれない。少なくとも、ぼくを呼び出す相手の声が聞けるのだ。よし。

受話器を外し、

「はい、祠堂学院学生寮ですが」

と言うと、

「よ、託生」

えっ？

ぼくは急いで辺りを見回した。

「ギ、ギイ？」

なんで？　どうして？

つい声を潜《ひそ》めたぼくに、

「この絶妙のタイミング。オレって天才的だよな」

受話器の向こうでギイが暢気に笑った。

なんだかもうそれだけで、涙が出そうなほど安堵してしまう。

「誰か、呼び出す？」

「もう本人が出てる」

「ぼくに、ギイ？」

「そうだよ。電話ってのは盲点だったよな。これから託生とゆっくり喋るには、電話の呼び出し、使うかな」

「でも、どこからかけるの？　公衆電話からかけてたら、バレバレだよ」

「方法なんて、いくらでも」

「……ギイ、今、どこ？」

「託生、オレに会いたい？」

「うん」

会いたくて、たまらなかった。

「なら、部屋に戻ってろ」

「270？」

「オレが行くから」

「今？　でもギイ、外出――」

「してないよ。すぐに行くから、待ってるように」

「わかった」

電話を切ると、ぼくはまっすぐロビーを横切る。

放送をかけるために待機していた電話当番が、

「呼び出しは？」

ぼくを追いかけてきたので、

「間違い電話みたいだよ」

とぼけて応えて、階段を戻る。

ギイに話したいことがたくさんある。ギイに受け止めてもらいたいことが、たくさんあるのだ。

270のドアを開け、暗い室内、蛍光灯のスイッチを入れようとしたぼくを、

「電気は点けなくていい」

背後からギイが抱きしめた。

驚く間もなく、押されるように室内へ入り、後ろ手に鍵を掛けたギイに、

「ギイ、本当に寮にいたんだ」

訊くとギイは、悪戯《いたずら》っぽく笑った。

「な、ちゃんとすぐに来ただろう？」

胸の前で交差された、力強い腕。

と、くるりと反転させられて、ギイがぼくを覗き込む。

「よし、泣いてないな」

「なに、それ」

ギイはぼくの机の上に、外したメガネを置くと、

「オレも、会いたかったから。託生」

甘く告げ、口唇にそっとキスをした。

「ギイ……」

彼の背中へ腕を回す。

何度も角度を変えてキスをしながら、ぼくたちは、縺《もつ》れるようにベッドへ倒れ込んだ。

服の上から体中をまさぐるギイの手に、

「駄目だよ、ギイ」

抵抗するのに、聞いてくれない。

「なに託生、直《じか》に触れてくれないと駄目ってことか？」

からかうギイの余裕っぷりに、憎らしさと愛《いと》しさがないまぜで、

「そんなこと――」

「恥ずかしくてとても言えない？」

「言ってないだろ！　違うよ、ギ……！」

シャツの裾《すそ》から忍び込んだギイの手のひらが、ぼくの肌を押し上げる。強く弱く撫でられながら、

「三洲が戻ってきても、やめないからな」

ギイの囁きに、ぼくはもう、拒《こば》む理由を見つけられなくなっていた。


流れ込む冷えた空気に、ひやりとぼくは肩を竦めた。

「……ギイ？」

窓辺に、背中を向けたギイのシルエット。暗闇に白く浮かぶ、ギイの裸体。

「空気、入れ替えとかないとな」

窓を半分開けたギイは、「んー、いい風だ」

相変わらず、寒さに強い。

いつしかぼんやりしていたぼくは、ぼくだけシーツにくるまれてるのに、今頃気づいた。

「三洲、戻ってこなくてセーフ、だったな」

温室でのぼくのポーズを真似《まね》て、ギイがからかう。

「知らないよ。ギイこそ、いつまでも素っ裸でウロウロしてて、風邪《かぜ》ひいても看病してやらないからな」

「お。強気じゃんか、託生」

ギイはぼくの額にキスすると、脱ぎ散らかした衣類を拾い、「もう少しエッチな気分に浸っていたいがしょうがない、着るとするか」

一枚ずつ、身に付けてゆく。

演出なんかカケラもないのに、どんな動きも絵になるギイ。うっかり見惚《みと》れていると、

「託生こそ、いいのかそのままで?」

尋ねられ、

「あ、いけない」

ぼくも慌てて跳び起きた。

身支度《みじたく》を整え、ベッドを直し、換気も済ませて、

「さてと」

改めて、ギイはベッドに腰を下ろした。「話しようか、託生?」

ギイの隣に座ったぼくは、頷いて、

「なにから話そう」

ギイを見上げる。

窓を閉じ、カーテンを閉めてから電気を灯した室内に、ギイがリアルに存在していた。薄明かりにたどたどしく指で辿った彼の輪郭《りんかく》が、隅々までクリアに見える。

「変な感じ」

笑ったぼくに、

「なんだよ、唐突に」

ギイも笑った。

「長い夢から覚めたみたいな感じがする」

こうしていると、ふたりきりで見つめあってると、去年へとそのままタイムスリップしたような錯覚に陥る。

透き通る、薄いブラウンの瞳。睫《まつげ》、長いなあ、ギイ。

ねえ、

「ギイが好きだよ」

ぼくを包むように見つめてくれるその眼差しに、いつだって映っていたい。

ギイはぼくの額に、額を軽くぶつけると、

「こら。今頃オレを誘う気か?」

鼻先にキスを弾かせて、「託生、オレからも話がある。無言電話、いったいいつから始まった?」

「ギイ、どうしてそれ……」

「伸之から聞いたんだよ」

「え、伸之が?」

「気になったから、ご注進ということでって」

「そうなんだ……」

伸之、ギイに話してくれたんだ。

「オレもな、ここのところ、やけに託生への電話呼び出しが多かったから、引っ掛かってたんだよ。変な虫でもついたんじゃないかってさ」

「それ、なんとかの欲目だよ、ギイ」

笑ってしまう。当て馬はともかく、ぼくがそんなにもてるわけ、ないじゃないか。

「まさかイタ電だったとはな。そしたらさっきも放送がかかったろ? ひょっとしてって、訝ってさ」

「それでタイミング良く、電話をかけてくれたんだ。——でも、どこから？」

寮の公衆電話以外で学生が使える電話といえば、校舎手前の学生ホールの公衆電話か、第一校舎事務室内の公衆電話のどちらかしかない。だがそのどちらも、寮から距離が離れ過ぎてて電話呼び出しのアナウンスは聞こえないのだ。

「オレの部屋からだよ」

ギイは綿シャツの胸ポケットから、カードのように薄い携帯電話を取り出して、「ナイショだぞ」

こっそりとウインクした。

「それ、伸之の時に使ってた電話？」

「大正解。山奥でもバッチリ使える、ハイテク電話」

「うわ、なんか、懐かしい」

伸之と聡司さんとの縁結びに、陰ながら活躍してくれたキューピッドくん。「つい最近のことなのにな」

あれからまだ、二カ月しか経ってないのに。

そうなんだ。会えなくても、話せなくても、ギイ、ちゃんとぼくのこと、気にしてくれていたんだね。

「犯人に心当たりあるか、託生？」

「具体的には、全然ない」

「となると、やっぱりあれか？」

ギイの言わんとするところ。

「うん、かな？　わかんないけど」

ぼくの懸念《けねん》するところ。

「まるっきりの無言なのか？　おかしなこと、言われてないか？」

「言われてないよ。ただ、なんとなく、同じ人じゃないかもしれないって、気はするけど」

特定の誰かが嫌がらせのために何度も無言電話をかけてくる、そういう印象では、ないのだった。

「となると、やはり時間が解決するか」

ギイが腕を組む。

唯一知り合った一年生で、しかもチェック組の右近緑《うこんみどり》は、ぼくの名前を耳にしてもまったくの無反応だった。崎義一《ぎいち》とつきあってるかもしれない葉山託生という学生に、関心のない人もいるだろうが、対面式を兼ねた入寮式での一件のように、無関心でいられない人たちもいるのだろう。

でもどのみち、ほとぼりが冷めてしまえば関心もなくなる。葉山託生と崎義一は特別な間柄ではないとの認識が定着すれば、彼らの関心は違う場所へ移動するだろう。

「やっぱり巻き込んだみたいだな。悪かったな、託生」

「ううん」

いいんだ、ギイがこのこと、知っててくれてるから、もういいんだ。

「しばらくは様子見で放っとくが、ちょっとでもイタ電がエスカレートしたら、すぐに言うんだぞ、託生。そうなったら、どんな手段を使ってでも犯人を割り出す。捨ててはおかない」

「ギイ？」

「オレの話はこれくらいだが、託生の話はなんなんだ？」

「あ、——ああ、あの、八津くんのことで、ちょっと」

「ん？」

「矢倉くんが誰ともつきあったことないってギイ、言ってたけど、草野先輩と、本当はつきあってたんじゃないのかい？　午後、出掛けに、桜並木で草野先輩に会ったんだ。誰かと待ち合わせしてたみたいで、車でどこかドライブに行ったよ」

「待ち合わせの相手が矢倉じゃないかって？」

「だって、八津くんが……」

その名前を呟いたから。「見間違えるわけ、ないと思うし」

「なあ託生、お前さ、セックスする相手イコールつきあってる相手、つまり恋人だな、と、思うか？」

「や、う、思う、けど、あの……、違う場合も、ある、よね」

「だろ？　ああいうのは、傍《はた》から見てるだけじゃわかんないよな。どんなつもりなのかは、当人同士にしかわからないもんな」

「ギイ、ぼくのこと、誤魔化そうとしてる？」

「してないって、心配性だな」

くくくと笑ったギイは、「よしんば矢倉が草野先輩とセックスしてたとしてもだ、それだけの関係のような気がするけどな」

同じカラダだけの関係でも、三洲と真行寺の間柄とは別物ってことか。

「八津くん、泣いてたんだ。ぼくに、二度あることは三度あるのかなって訊いて、三度もなんて耐えられないって、辛そうに泣いたんだよ」

「――そうか」

「そもそも、矢倉くんが支離滅裂だからいけないんだよ、自分勝手で。彼女ができたからって八津くんを振ったくせに、今頃になって八津くんに執着したかと思えば手のひらを返し、みっともないことはもうしないとかカッコつけて三角関係から一抜けして、でもって草野先輩の車に乗ったんだよ」

「おい、託生」

「人の気持ちを弄《もてあそ》ぶのもたいがいにしろって言うんだ。あんな勝手気ままにされてたら、信用なんてできっこないよ」

「おい、落ち着けって」

「八津くんが可哀想《かわいそう》じゃないか、あんなに矢倉くんのこと好きなのに」

「——そう思うのか、託生？」

「じゃあギイは、八津くんが気の毒だとは思わないのかい？」

「じゃなくて、八津は矢倉のこと、好きだと思うか？」

「え？　うん」

だって、機微《きび》に疎いぼくにすら、一目瞭然なんですけど。

「そうか、つまり間接的に、矢倉は八津を泣かしたのか」

やけに嬉しそうにギイが言った。

「あの、ギイ？」

「フェミニストにあるまじき行為だな」

なんでそんなに嬉しそうなんだい?

「もしもーし、ギイ?」

なんだかとっても意味不明なんですけど。

「いい話聞かせてくれて、ありがとうな」

ギイはぼくの頬へちゅっとキスすると、「もう一回、しようか」

悪戯っぽく目を細めた。


100番のドアに、ちいさくノックがあった。

「どうぞ」

返事をしたのに、一向にドアの開く気配がない。

矢倉は思い出のスナップを机に置くと、ギッと椅子から立ち上がった。

ゆっくりとノブを回し、音をたてないようドアを開く。そこに、待ち人が立っていた。

「もう来ないかと思ってたよ、八津」

俯いたきり、八津はなにも応えない。

非常灯のみ緑に光る、消灯後の廊下。矢倉はそっと八津の腕を引き、室内へと促した。

「俺の部屋に来るの、初めてだよな」

来客用の長椅子に座らせて、「ビールあるけど、どうする？」

と訊く。

「不良だな」

やっと口を開いた八津に、

「よーく冷えてるぜ」

矢倉はちっとも悪びれず、それどころか微笑んだ。

「葉山くんにどうしてもと頼まれたから来たんだ。用件がビールだけなら、俺は帰る」

立ち上がりかけた八津を、矢倉が制する。

がっちり肩を抑えられ、

「で、つまみはなにがいい？」

真剣な眼差しで尋ねられ、八津はつい、吹き出した。

「わかったよ。寝酒にはつきあうから、この手を離してくれないか」

「了解」

ぱっと両の手のひらを開いて見せた矢倉は、親指と人差し指をくっつけて輪を作ると、また離した。「これ知ってる、八津？」

「――なに」

「朝の挨拶。いや、知らないならいいんだ、うん」

「わけわかんないぞ、矢倉」

「いやいやまあ気にしない気にしない」

呪文《じゅもん》のように抑揚《よくよう》つけずに繰り返しながら、矢倉は部屋の隅にこっそり隠したクーラーボックスから缶ビールを二本取り出して、一本を八津に手渡した。「乾杯、八津」

苦笑しながら八津は、それでも缶を合わせてくれる。

消灯後の室内は、むろん電気を点けていたら規則違反で、矢倉の部屋も勉強机の上のスタンドと、長椅子脇の足の長いスタンドとに、ひっそり明かりが灯っているだけだった。

「階段長なのに、こんなんじゃ、ちっとも示しがつかないな」

「案ずるな、カーテンはきっちり遮光《しゃこう》だ。外に光は洩れないから」

「そういう話をしてるんじゃないだろ」

この男は、どこまでふざけているのやら。

「ほら、つまみ」

と言われ、目の前に差し出されたのは、一枚の写真。

「……矢倉、これ？」

受験で初めて祠堂を訪れた時の、あの時の写真だ。

「懐かしいだろ？」

笑った矢倉は、八津から離れた場所に座った。

それだけなのに、気持ちのどこかがしくりと痛む。

「確か、泉のカメラで撮ったんだよね」

「高林ってば、ナルちゃんだから。いつでもどこでも記念写真、だもんな」

「これ、見せるために呼んだのか？」

「なあ八津、覚えてるか」

「――なにを」

「出掛けに何回も確かめたはずなのに、消しゴムを忘れてきたマヌケな受験生のこと」

「ああ」

弾けるように、八津が笑った。

「目一杯動揺してたら、隣の席に座ったライバルが、自分の消しゴムふたつに割って、半分を貸してくれたんだよな」

「しょうがないだろ、見捨ててはおけないさ」

「もしかしたら、それで敵がひとり減ったかもしれないのにさ」

「矢倉の成績じゃ、消しゴム忘れたくらいで落ちたりしないよ」

現に書き間違えを、ほとんどしなかったじゃないか。

「あの時に、俺は八津に惚れたんだ」

「――な、んだよ、いきなり」

「どうしてもそれきりにしたくなかったから、お前にしつこく住所を訊いた。電話番号も、他にどこを受験するのかも」

「やめろよ矢倉、そんな昔話、どうでもいいだろ」

「その夜から、毎日俺、電話したよな。お互い無事に受かってて、入学式で会えるの楽しみだなって、話したよな。でも俺、知らなかったんだよ、八津が電話嫌いなの」

え？　と、八津の目が見開かれた。

「毎日浮かれたように話してたから。八津もそんな素振り、見せなかったから」

「だ、だって、矢倉」

「入学式の後で告白して、返事はもう少し待ってくれって八津に言われた時もさ、ちっとも絶望的な気分にならなかったのは、わかってたからなんだ」

八津も俺を好きだろうって。「一週間後に、ちゃんと応えてくれたもんな」

「矢倉、おい、矢倉？」

「キスしたよな、後にも先にも、一度きりだったけど」

「矢倉、変だ、どうしてきみが——」

「八津とキスした次の日に、俺に電話がかかってきた。てっきり心配性の実家の母親からかと思って出たら、八津の母親からだった」

「俺の……？」

——なんで？

「入学式の時、八津が紹介してくれて挨拶は済ませてたから、さして驚きはしなかったけど、それに、春休みの間中、毎日の電話を取り次いでくれたの、そのお母さんだったもんな」

「母がどうして、矢倉に電話を？」

「大切な息子に金輪際《こんりんざい》つきまとってくれるなと、そういう用件で」

「矢倉——！」

「気丈な女の人なんだろうな。電話の向こうで押し殺した声で言われて、悟られないようにしてるけど、泣いてるんだとわかったよ。だから俺も応えたんだ、わかりましたって、金輪際、八津くんとは懇意《こんい》にしませんって」

ビールを持つ八津の手が震えている。

「やっぱりなあ、母親は侮《あなど》れないよ。あんなに電話嫌いの息子が矢倉くんからの電話には、呼ぶ前から出るんだって。仲が良いにしても、少し変だって。学校が始まって、様子窺いに寮へ電話をすると、二言目には矢倉くんの名前が出る。もうこれは、おかしなことになっているのに違いないとさ」

「ど、どうしてそれを、俺にじゃなく、矢倉に、言うんだ」

「決まってるだろ、誰の母親だって息子に嫌われたくはないものさ。他人の息子にどう思われようと、痛くも痒《かゆ》くもないけどな」

「それで俺を振ったのか、矢倉？　彼女ができたからじゃなくて？」

「そうだよ」

「どうして言ってくれなかったんだよ、どうしてひとりで勝手に決めてしまったんだよ」

「言えるわけないだろ。八津、話してくれたよな。お前の父親には何人も愛人がいて、いつも母は耐えるばかりだって。母の唯一の心の拠《よ》り所が、ひとり息子の自分なんだって。自分だけでも母を裏切りたくないって、そう話してくれたよな。そんなお前に、俺と母親のどちらかを選ばせるなんて、できっこないだろ」

「……矢倉」

「だから山形の登場が許せなかったんだ。同じ男なのに、山形は良くて俺は駄目なのか？　つまりお前の母親は、山形は容認できて、俺は駄目だと、そういうことか？　なら、話は違うじゃないか。男同士だから云々《うんぬん》とか、その理由は通用しない」

「それで、あんなに怒ったんだ」

俺にでなく、俺の母親の仕打ちに、腹を立ててたんだ。

「とっとと卒業して、親掛かりでない一人前になって、そしたら改めて、お前に告白するつもりだった。それが俺なりの、良識だったんだ」

「でも矢倉、草野先輩と、今でもつきあってるじゃないか」

「つきあってなんか、ないよ」

「先輩の車に、乗ってたじゃないか」

「俺はどこにも、出掛けてないぜ」

「でも——」

「似たような後ろ姿を見間違えたんだよ、八津」

「そう、なのか？」

「なあ八津、山形のことでフェアじゃないって八津を責めたけどさ、俺こそアンフェアだとギイに指摘されたんだ」

「ギイが、……なに？」

「もう妬くなよ。俺がギイに詳しいのは、似た者同士だからだよ。似たようなことしてたから、あいつの気持ちがちょっとわかるだけなんだ」

「俺がいつ、妬いてなんか」

「矢倉の気持ちはわからないでもないが、それはそれでフェアじゃないと意見されて、俺なりに反省したんだよ」

「わかんないな。どうしてギイが、矢倉に意見をするんだよ。そもそも――」

そもそも、「……わかった、矢倉。俺の母親からかかってきた電話を、取り次いだのがギイだったんだ」

「そういうこと」

それまで顔は知ってたが、一度も話したことのなかった崎義一。あまりに注目の的の、祠堂きってのサラブレッド。

記憶力も素晴らしく勘まで冴えてるあの男は、矢倉が八津に別れを申し出た時の、矢倉が口にしなかった本当の理由に、おそらく思い当たっていたのだ。

自分と八津の母親以外、誰も知らないはずの別れの理由。嫌いで別れたわけじゃない、むしろ深く愛していた。そんな矢倉の気持ちを察して、ある意味、黙って見守られていたのだ。

同病相憐《あいあわ》れむって表現は、いや、後ろ向き過ぎるか。

「ギイが葉山をずっと気にしていたように、俺も八津ばかりが気になってた。その他のことなんて、どうでもよかった」

星の数ほどの噂話も、実際、夜空に瞬《またた》く星のように、とても遠く感じていた。

「……ごめん、矢倉、母がきみに、ひどいことをした」

一方的に、きみばかりを悪者にしていた。

「俺こそ、今頃告げ口するようで、ちょっと気が引けてるけどな」

「そんなこと——」

「ギイにさ、ちゃんと正しくけじめをつけないと、高校生を卒業したところで八津からは卒業できないぞって、脅《おど》かされたんだ。永遠にしこりが残るとさ」

「俺から卒業したいのか、矢倉？」

「忘れたいって意味じゃない。そんな、不安そうな顔をするなよ」

「し、してないだろ、おかしなこと言うなよな」

「はいはいはい。さてと、これで隠し事はひとつもない。さあ八津、どうしたい？」

「今度は俺に選ばせて、くれるんだ？」

「それでこそ、フェアだもんな」

「俺が振っても、泣くなよ、矢倉」

「そいつはどうかな、わかんないな」

「とか言って、余裕で笑ってるんじゃないよ」

「しょうがないだろ、八津」

答えはもう、わかっているのだ。「なあ、この写真、撮った時さ」

「ん？」

「俺と八津の間に高林がいて、俺には正直、邪魔だったんだよ。俺は、八津のすぐ隣に座りたかったんだ」

「ワガママだな」

「そっち、行ってもいいだろ？」

ふたりを隔《へだ》てる、僅かな空間。

「……勝手にしろよ」

ふたりを隔てた、二年の時間。

「つーかまえた」

触れたくて、触れられず、傷つけたくなくて、傷つけてばかりいた。「八津、な、もう泣くなって」

二年前のあの時も、こうしたかった。

「誰が泣いてるんだよ」

咄嗟に俯いて涙を隠した八津に、こうしてやりたかった。

矢倉は指先でそっと八津の涙を拭《ぬぐ》うと、

「二度目のキスしよう？」

頷く八津に、口唇を重ねた。


日曜日の映画の試写会に、なんと、八津と矢倉がツーショットだったと（楽しみにしていた章三には申し訳ないが招待券を返却していただいたのだ）の噂は、信じ難い事実として、あっと言う間に広まった。

八津が矢倉に脅迫されて無理矢理つきあわされたとか、まあ周囲はいろいろ言うが、相変わらず矢倉はどこ吹く風で、だが八津の晴れやかな笑顔を拝む頻度《ひんど》が増えたのだから、八津の取り巻きにしたって、嬉しいに違いない。

と、勝手に解釈しているぼく。

それよりも、っと。

月曜日、いつもより早く登校したぼくは、そのぼくより更に早く登校していた吉沢に、

「おはよう、吉沢くん」

と、声を掛けた。

「あれ、今日日直だった、葉山くん？」

「違うよ」

荷物を机の中に突っ込んで、「吉沢くん、ひとつ質問、いいかな？」

金曜日の夜からずっと、知りたくてしょうがなかった問いをする。

「わかることなら、いくらでもいいよ」

ありがたい。

「バレンタインなんだけど、この前の。利久が弓道部の部室に、おいしそうなチョコの差し入れ、しなかった？」

「それって、片倉くんが、岩下くんが妹からもらったチョコをおすそわけしてくれたって嬉しそうに話してた、ノイハウスの詰め合わせのこと？」

おお。なんて詳しい、なんて正確！

「でも、岩下くんに妹なんていないよねって、途中から話が妙な展開になっちゃって。片倉くん、赤くなったり青くなってたりしてたよな」

「へえ、そうなんだ」

「後でうちの部員が、せっかくチョコを恵んでもらってきたのに、肝心の片倉はひとつも食べなかったたって言っててね、俺も少し、気になってたんだ」

「吉沢くん、どう思う？」

「どうって、なにが？」

「どうして利久は、岩下くんからもらったチョコを、食べなかったんだろう」

「さあ。そこまではちょっと」

そうだよな。

「ありがとう、吉沢くん。あ、ぼくがあれこれ訊いたの、利久には内緒にしといて」

「いいけど葉山くん」

「けど、なに？」

「なんとなく、だけど、複雑そうな雰囲気があるんだ」

「利久に？」

「部活にも集中できてないみたいだし」

「彼女ができたから、じゃなくて？」

「晴れて恋人ができたのならもっと、溌剌《はつらつ》としてそうなものじゃないか」

それは、そうだ。

「彼にもインターハイ地区予選、頑張ってもらわなきゃならないから、できれば以前のような片倉くんに復活してもらいたいんだけど」

「わかったよ。ちょっと探りを入れてみるね」

そうか、利久。やっぱり原因は、岩下くんか。としたら、利久って『無自覚ながら岩下くんに片思い』ってことなのか？

でも利久とそういうのって、やっぱり繋がらないよなあ。

敵情視察（？）と称して昼休み、不本意そうな表情の吉沢を引っ張って、ぼくは利久のクラスをこっそりと訪れた。

「なにやってんの、吉沢、葉山？」

不思議そうに声を掛けられても、廊下の窓からこっそり中を窺うだけで、入室はしない。

「余計に怪しくないかい？」

心配そうに訊く吉沢に、

「怪しいけど、気にしないってことで」

ぼくは応えた。

利久の席と岩下政史《まさし》の席は、同じ縦列でみっつ離れていた。

友人たちと賑やかに話していながらも、利久の視線は後方の席の岩下へと、時々流れる。

「なんだ、やっぱり意識はしてるんじゃないか」

そこへ誰かが、利久の彼女の話を持ち出した。

「またその話かよ、いい加減にしてくれよ」

嫌がる利久とは裏腹に、否《いや》が応《おう》にも盛り上がる話題。

耳に入っているのだろうに、だが岩下は、チラとも利久を見なかった。

からかいにたまりかねて立ち上がった利久は、教室から出ようとして岩下の机の脇を通り過ぎる。その時、ブレザーの裾に引っかけて、岩下のペンケースが床に落ちた。

「あっ、ごめん」

慌てて拾おうとした利久の手と、やはり拾おうと伸ばした岩下の手が触れそうになった瞬間、明らかに、避けるように岩下が手を引いた。

ふたりの間に流れた、気まずい空気。

利久は改めてペンケースを拾うと、机の上に載せ、

「ごめん」

ボソリと言うと、岩下の顔も見ずに教室から出て行った。

「やけにぎこちなかったね」

吉沢の感想に、

「うん。やけに警戒されてたよね、利久」

ぼくは大きく頷いた。「もしかして利久、岩下くんに嫌われるようなことをして、許してもらいたいのにそうならなくて、それでずっと気に病《や》んでるのかな？」

「葉山くんと片倉くんって、親友？」

「うん、一応」

「恋人ってことは、ないんだよね」

「あるように見える？」

「見えないけど、他人のことは訊いてみないとわからないから」

さすが吉沢。なんて堅実。

「吉沢くんは、岩下くんとは親しくないの？」

「特別には、親しくないよ」

「そうか、うーん、どうしよう」

去年まで、ふたりはあんなに仲良しだったのに。バレンタインにチョコをおすそわけするくらい、岩下は利久に親しみを感じてくれていたのだろうに。

しかも、これが恋であるとかないとかそんなことは置いといて、利久は岩下が気になるのだ。

それがどんな感情か、本人にもよくわかってないとしても、間違いなく利久はつきあい始めた彼女より、岩下政史を意識しているのだ。

複雑な雰囲気、確かにそうだ。

「弱ったね」

呟く吉沢に、

「まったくだ」

ぼくも肩を竦めた。

さあ、ここで質問です。

『利久の明るい未来はどっちでしょう?』

ごあいさつ

またしてもこんなところで終わってますが、つづく、ではなく、今回はこれで『終わり』ですので、そこのところ、ヨロシクです。

こんにちは。このたび新しくなった担当さんから「最低でも四ページ、ごあいさつを書いてくださいね」と依頼され、動揺が隠せないごとうしのぶであります。

今年も無事にお目にかかることができて、やあもう、心底ホッとしております。一年ぶりのご無沙汰《ぶさた》ですね。それにしても、四ページもいったいなにを書けばいいのだ？　加えて、最低四ページってナニゴトっ？

いつまでも動揺してるわけにもいかないので、頑張ってごあいさつ、いきます！

でも、なに書こう。

そうだ。

今回、一番大変だったのは、タイトル。これだよ、タイトル！

一部で仮題の方が告知されてましたが、面白いものでタイトルってのは、これっぽっちの苦労もなく、それこそ作品が影すらできてないのに先にポンと生まれてくることもあれば、文章は仕上がっているのにちっとも浮かんでこないことも、あるんですねー。ここ数年、タイトルには苦労の連続でしたの、ごとうサンなのでした。

唯一、順調につけられたのが、他社の文庫でゴメンナサイなのですが『水に眠る月』というもので、もうもう、今回の『花散る夜にきみを想えば』にしても、同時収録の『あの、晴れた青空』にしても、発売ギリギリタイトル差し替え状態で、やっと思いついたのでした。セーフ。

あ、タイトルついでに作品の解説なんぞを。

今回の、四月書き下し『花散る夜にきみを想えば』はですね、時期としては『Jealousy』と『after Jealousy』の直後で、『緑のゆびさき』と並行しつつ、そのちょっと先まで。という感じなのですが、あいやー、三年生バージョンってば、文庫三冊目にして、まだ四月界《かい》隈《わい》をうろうろしてるわけですね。

オソロシイ。

それと、ごあいさつの後ろにあります、六月話『あの、晴れた青空』は、以前ミニ文庫から出ていたものですが、入手が難しくて読みたいけど読めないんですー、との要望をたびたびいただいていたものですから、この機会に収録させていただきました。

はい、そうですね、五月がぽっかり抜けてますね。

次回の託生くんは、間違いなく五月のお話となるのでありましょう。わたしの計画ではゴールデンウィークのお話を書く予定なんですけど。二本立てて。それでちょうど文庫一冊分という感じ。

や、でも、いつ発売とは書かないでおこう。


と言うのも、平成十二年にはあれこれいろいろ、企画ものがありまして。

文庫にチラシが挟《はさ》まれているはずなのですが、なので詳細はそちらで見てみてね、なんですが、キャストが一新された託生くんのCDブックが二枚、発売されます。三月に『美貌のディテイル』五月に『緑のゆびさき』と連続で。文化放送でオンエア中の「ルビーにくちづけ」という番組内で、六回にわたって放送された『季節はずれのカイダン』も『緑のゆびさき』の方に収録されております。

キャストが新しくなったことで、どんなものかなーと心配しておりましたが、ラジオを聞いてくださった方々から「まとめてCDブックで聞きたいです」との感想をいただき、ひと安心いたしました。

でもって、その「ルビーにくちづけ」からCDブックが発売されることになりまして。パーソナリティーでもある関俊彦《せきとしひこ》さんと森久保《もりくぼ》祥太郎《しょうたろう》さんが演じるナイスなドラマが数本収録されているのですが、そのブックレットに（噂《うわさ》によると一般のブックレットよりずっと豪華なものになるらしい）託生くんの新作を書かせていただくことになりました。残念ながらドラマとしての音の収録はありませんが、関さんと言えば大橋先生、森久保さんと言えば真行寺。違う楽しみがありますね、って、なんのことだ。

それから、別に魔が差したわけではありませんが、ごとうは平成十二年夏のコミケに、もちろん抽選に受かればですが、参加することになりました。ちょっとした事情がありまして、そうなりました。でもきっかけはどうあれ、せっかくの機会なので、久しぶりに頑張って同人誌作っちゃおうかなー、と、けっこう本人浮かれております。これからコンスタントに参加します、ということではなく今回のみの単発参加なのですが、そうだ、ごめんなさい、先に謝っておこう。既《すで》に、委託販売のお申し出とか通販の問い合わせもいただいてるんですが、それらの事務処理に割《さ》ける人員と時間がありませんので、大変申し訳ないのですが、イベント限りということでご容赦ください。尤《もっと》も、抽選に落ちたら、作んないですけどね、うん。

それから。

先日、このお仕事やってて良かったなあ、ということがありました。

社長さんが亡くなられて、生産を中止してしまったので、現在はもう入手不可能となってしまいましたが、我が家にもある、かの大橋ピアノ。その社史をまとめた本に、ごとうは過日、エッセイを書かせていただきました。

ご縁としては、大橋ピアノに作中で触れた『CANON』なんですが、亡くなられた社長の奥様である、とし子夫人の、なんとも趣のある柔らかなお人柄によるところが大きく、加えて、いろんな方とのご縁のおかげで、記念すべき大切な本に、わたしなぞが筆を寄せることができまして、とても光栄に思っております。

ピアノ製造にまつわる資料とか、かなり専門的な書籍だということで、皆様の目に触れることは、もしかしたらあまりないかもしれませんが、ひょっこりと出会いがありましたら、その時はどうぞよろしく、です。


おお、すごい。ちゃんと四ページ以上だよ。

それでは、最後になりますが。

今回もステキなイラストを描いてくださった、おおや和美サマ、ありがとうございました。

なんか、おつきあい長いんですけど、今回初めて表紙、製本前に見ましたの、わたし。

仕事によってマチマチではありますが、託生くんのイラストに関しては表紙からなにから、一切ノータッチでしたから、読者さんと同じく、本が仕上がって初めて、ああ、こういうイラストがついたのか、と、堪能させていただいていたので、今回先に表紙を見せていただき、動揺したことがひとつ。

予定してたタイトルと、合わない！

仮題とは別にタイトルを用意していたのですが、これがぜんっぜん、今回のイラストとはイメージが違っていて。あのイラストにファンキーなタイトルは、さすがに合わないよねえ。それで急いで、しっとりモードのタイトルを必死に考えたのでした。

危機一髪。

良かった、手遅れにならなくて。――こうしてみると、この仕事ってギャンブルのようだなあ。

なかなかお会いする機会もないんですが、そんなこんなで平成十二年には例年に増してお世話になりますけれど、よろしくお願いいたします。

それから、今回から担当さんが変わりまして、諸事情によりあちこちで混乱を招いている、紛らわしいワタシタチではありますが、おかげさまでこうして無事に本も出ましたし、これからまた、大変なこともあるかとは思いますが、よろしくおつきあいくださいませ。

最後の最後に、皆様、いつになくなが－いごあいさつではございますが、ここまでおつきあいいただき、ありがとうございました。

この一年、託生くんの新作、楽しみにしていますとのお手紙やメールをいただき、これがやはり、わたしには一番の励みとなりました。待っててくれる人がいるというのは、力強い支えになるものですね。苦しい時は、余計にね。

なので、この本は、心情としてはわたしから、皆様への贈り物ということで、受け取っていただけると嬉しいです。

よろしければ、また、感想のお手紙やメール、くださいね。心待ちにしております。

それでは、世間はめっきりミレニアムムードいっぱいですが、皆様の世紀末が思い出深いものとなりますように。

ごとうしのぶ

SHINOBU GOTOH
《HP URL.》
http://www2. gol.com/users/bee/

あの、晴れた青空

大番狂わせが起きてしまった。

「ダントツ本命、初戦敗退!?」

誰もが『ソンナバカナ……』と天を仰《あお》ぐ中、したり顔の男がひとり、いきなり混迷の色を濃くしたトーナメントの行方《ゆくえ》を楽しそうに眺めている。

「情報はマメに収集しないとね、諸君」

手の中の一覧表、あの男には一円だって賭《か》けてない。——失礼。一票も、投じていない。

会場を揺るがすほどのギャラリーのどよめき。だが、当の（モト）大本命は、とっくに会場から消えていた。ひとり列車に揺られている恋人を、追いかけるために。

「ああ」

ぼくは、課題のテキストへ走らせていたシャープペンの手を止めた。「とうとう降り始めたね」

朝から曖昧な空模様だったのだが、久しぶりに雨降りでなかった本日、これまた久しぶりに換気のために開けておいた270号室の窓から、湿り気をたっぷり含んだ空気が吹き込んできた。

独特の、水の匂い。

ぼくの呟《つぶや》きに、留守にしている三洲のベッドへ我が物顔で寝転んで（鬼のいぬ間のナントヤラ）勝手に三洲の、買ってきたばかりの真新しい雑誌を読んでいた真行寺が、

「え？　雨なんか降ってないスよ」

顔だけ窓の外へ向けて言った。

「霧雨だよ。目には見えないけど、音もしないけど、ちゃんと降ってる」

「えー、ホントっスか？」

疑いたっぷりにぼくを見てから、機敏な動作でベッドを下りた真行寺は、「ホントだ、降ってる。すごい葉山サン、どうしてわかったんスか？」

「急に空気が湿気《しけ》てきただろ？」

「やー、そういう感覚的なことはよくわかんないっスけど、六月に入ったら、途端、雨ばっか降ってますねー」

開いた窓から大きく上半身を、雨降りの空間へと乗り出した。

せっかくの日曜日なのに、本日も天気は曇りのち雨。

「濡《ぬ》れるよ、真行寺くん」

せっかくの日曜日に外出の予定もなく、明日の月曜の授業に備えて課題をやってるだなんて、ぼくも随分と寂しい週末を過ごしているものだ。

「うーん霧雨って、サラサラしてて気持ちいいや」

「そんなこと言ってないで、真行寺くん、梅雨《つゆ》の風邪《かぜ》は長引くって言うから」

「バカは風邪ひかないっスよ、葉山サン」

おどける真行寺に、

「ごめん、ぼくの方がダメなんだ。冷えてきただろ、窓、閉めてくれないかな」

真行寺は、心底寒気を苦手としているぼくの、演技でなく、寒さで震える姿にしょうがないやと肩を竦《すく》め、

「葉山サンに風邪をひかせた犯人が俺だなんてギイ先輩に知られたら、今年一年、地獄の生活だもんなー」

きっちりと、窓を閉めてくれた。

「地獄の生活なんて、そんなことないよ。別にぼくとギイとは、つきあってるとかそんなんじゃ——」

訂正しようとしたのだが、真行寺は新学期がスタートしてからこんなに疎遠《そえん》になってるギイとぼくとの間柄、にもかかわらず、昨年までのイメージをまんま引きずっててくださって、しかもその上、

「アラタさんにもよくからかわれるんだ。雨に濡れるのが好きだなんて、変わり者だってさ」

実のところ、ぼくたちが現在どうであれ、さして興味もないらしい。——却ってヤブヘビになりかねないので、食い下がって訂正するのはやめておこう。

「ということは、やっぱり、水泳も好きなんだよね」

真行寺はうっすら濡れた前髪を人差し指で楽しそうに弾いて、

「水関係は全部好きっス。もう、水泳もシャワーも温泉も川遊びも顔を洗うのもウォシュレットも」

ベッドへと戻ってきた。

「ウォシュレット？」

吹き出したぼくに、

「オーノー、侮《あなど》ってはイケマセン。一度使うとヤミツキになりますよ、葉山サン」

「そうなんだ」

使ったことないから、わからないけど。「祠堂に水泳部があったら、剣道部とどっちを選ん

でた？」

「剣道部」

へえ。即答なんだ、真行寺。

「葉山サンはどうしてどこの部にも所属してないんスか？」

「え？」

「っても、野沢《のざわ》サンとこのブラバンじゃ、葉山サン得意のバイオリン、出番ないスもんね」

「得意ってわけじゃ……」

「謙遜《けんそん》大王」

「は？」

「葉山サン、謙遜大王。ギイ先輩のことも、バイオリンのことも謙遜してる。その謙虚さ、アラタさんにも見倣《みなら》って欲しいなー」

「ギイに関しては、謙遜してるとは言わないと思うけど」

「いいのいいの、似たようなことじゃないスか」

「そうかなあ。って、真行寺くん、きみ、ぼくとギイのこと――」

関心ないんじゃなかったのか？

「だって、葉山サンのキャラクターからして、去年の今年でそう簡単に心変わりするわきゃないって感じっしょ。今はもうつきあってないって聞かされたところで、でも葉山サンはギイ先輩のこと変わらず好きなんだろうなあ、って。だからまあ、実際つきあっててもつきあってなくても、大差ないスよね」

「そ、そうですか？」

かなり違うとぼくは思いますけど。

「それより葉山サン、明日も放課後、部活出る前に、温室寄ってもいいっスか？　バイオリンの練習、してますよね？」

「多分。——ああ、でもどうかな。この湿気、バイオリンは喜ばないだろうな」

「じゃあ、晴れたら練習？」

「そうだね」

ぼくは頷《うなず》いて、「真行寺くん、どうして君、そんなにぼくの下手なバイオリンを聞きたがるんだい」

音程は外れる、アルペジオは転ぶ、弦《げん》を充分に鳴らしきれない、「聞いてて心地良いものとは、とても思えないんだけどな」

聞くを聴くとは、とてもじゃないが、表記できないくらいのレベルなのだ。

なのに、五月のゴールデンウィーク明け、実家からバイオリン持参で祠堂に戻ってきて、ずっと休んでいた練習を再開してから、真行寺の訪問は殆《ほとん》ど皆勤賞なのだ。

「生の楽器の音を定期的に耳にしてないと、持病のアレルギーが悪化するっスよ」

ふざける真行寺に、

「それは初耳だな」

ぼくはちょっと、ムッとする。「冷やかしなら、遠慮してくれないか」

「マジな理由答えたら、葉山サン、引くでしょ」

――え？

「なんちゃって」

「真行寺！」

どこまでも人をからかって。

憤《いきどお》るぼくに、

「やったね、呼び捨て！」

真行寺が指を鳴らした。「葉山サン、もう一歩踏み込んで、兼満《かねみつ》って、ね？　呼んで呼んで」

嬉《うれ》しそうにおねだりする。

「一生呼ばない」

「そんなあ、意地悪言わないでくださいよお」

「絶対呼ばない」

「葉山サン、ヒドイ……」

どっちがだ。

真行寺は、いきなり深く溜《た》め息《いき》を吐《つ》き、

「俺たち、つきあい始めてもう二ヵ月も経つんですよね」

しんみりと言った。

「いつぼくが、君とつきあったんだよ」

誤解を招くような表現はやめてくれ。

「なのに未だに葉山サン、俺のこと真行寺くんって呼ぶっスよねー。兼満って呼び捨てにしてくれるって、約束したじゃないっスか。忘れちゃったんですか、もう？」

「忘れてなんかないけど、もう一生絶対に呼んでなんかやらない」

「ガーンガーンガーン。そりゃないですう。俺、ずーっと葉山サンに兼満って呼んでもらえるの、それはそれは楽しみにしてたっスから。いきなりは無理だって言うからおとなしく待ってたのに、なのになのに、よりによってこの仕打ち」

ヨヨヨと三洲の枕に顔を埋めて泣き真似《まね》をする真行寺は、「ああああ、もう俺、やさぐれちゃおーかな。愛するアラタさんはあんなだし、恋する葉山サンはこんなだし」

いつ誰がぼくに恋したって？　まったくもう、言うに事欠いて、なんだかねえ。

「いいからもう、わかったから、イヤガラセはそれくらいにして、あんまり備品いじくりまわすと勝手にベッドを使ったの、三洲くんにバレちゃうよ」

「それです葉山サン！」

真行寺はいきなりガバッと上半身を起こすと、ぼくの忠告などキレイに無視して三洲の枕をギュッと抱きしめ、「アラタさんてば最近、口を開けば忙しい忙しいって、ぜーんぜん俺のことかまってくれないんスけど、いったい何やってるんでしょーか！」

「はあ？」

女子高生かい、きみは？

「だってマジ、かまってくれないっスよー。ほったらかされて、早、幾《いく》とせ」

「大袈裟《おおげさ》な。だいたいね、つきあってる本人にわからないものが、ただの同室者のぼくなんかにわかるはずがないだろう？」

――このセリフ、ぼくもよく呆《あき》れ顔の章三に言われたっけな。

よもや、自分が言うことになるとは……。

「アヤシイ、アラタさん」

呟いて、真行寺は視線を斜め下へ外す。

「だからって、真行寺くんに隠れて浮気なんかしてないと思うよ」

「ややややめてくださいよ、そんなこと言うの」

真行寺は本気で焦《あせ》って、「心臓、凍っちゃいますう」

胸を抑えた。

「もしかして、会ってないんだ、最近」

「そりゃ会うくらいはバタバタそのへんで会いますけどね、所詮《しょせん》は同じ屋根の下なんスから。忙しいからまた今度とかってはぐらかして、アラタさんてば、まるきり触らせてくれないっスよ」

「はあ……」

それはそれは。

「欲求不満と猜疑心《さいぎしん》で、俺、ボロボロ」

「元気そうに見えるけど」

「デリケートそうなルックスに反して葉山サンの発言って無神経」

「――悪かったよ、無神経で」

「へへ、でも俺、葉山サンのそういうトコも好き」

「ぼくは、その手の冗談は嫌いなんだ」

「あっ、ヤバ。楽しく葉山サンと雑談してる場合じゃない！」

真行寺は腕時計に目を遣《や》ると、「そろそろアラタさん帰ってきそうだ」

なんと、今のが『楽しく雑談』ですか？　——摑《つか》めません、真行寺兼満。

真行寺は勢いよくベッドから下りると、

「約束もしてないのにここにいるの見つかったら、コロサレかねないからなー。俺、ハケるっス」

そのくせ、証拠隠滅《いんめつ》どころか、読みかけの三洲の雑誌を手に取ると、無断拝借。わざわざ来訪の証拠を残して、270号室から出て行った。


予想的中。

真行寺退室とほぼ入れ違いに部屋に戻ってきた三洲は、真行寺の雑誌無断持ち出しに激怒して232号室へ奪回に行ったものの、だが、あれから数時間経つ今現在、まだここへ帰って来てはいなかった。

「——いいんですけど」

机に頬杖《ほおづえ》を突いて、それでもやっぱり溜め息がこぼれる。

なんだかんだとしょっちゅう揉《も》めてはいても、三洲と真行寺はちゃんとつきあっているのだ。真行寺の四月当初の自己申告どおり、たとえそれが『カラダだけのつきあい』であろうと、どんな形であれ（さっきのように、どちらともなく）積極的に機会を作っては、ふたりで会ってる。

「それに比べて、ぼくとギイはね……」

せっかく章三が提供してくれた秘密のデート場所も、実際ギイのスケジュールが空いていなければ、ぼくひとりでそこにいてもムナシイだけ。それこそ、宝の持ち腐《ぐさ》れなのであった。

ギイに、話したいことがあった。

ぼくは机の上の卓上カレンダーを眺める。

「もう、一週間しかないや」

忙しいギイ。来週の日曜日なんて、とっくに予定が入っているかもしれない。「だからってなあ、誘って断られるならまだしも、誘えないまま当日が過ぎちゃったりしたら、悔やんでも悔やみきれないよな」

いっそ人目を無視して、きっぱりギイに申し込んでしまおうか。

『ギイも葉山も意識し過ぎで、却って不自然だぜ』

章三の忠告はごもっともなれど、ぼくは、少なくともぼくには、この現状をどうすることもできなかった。

普通なら一緒にいるシチュエーションなのに、意味不明な距離を置く。だから周囲に、おかしな印象を与える。ただの友人の振りをしなければならないプレッシャーが、ぼくの行為をこの上もなくぎこちなくさせる。

「人は、無い恋を装うことも、有る恋を隠すこともできないって、誰か言ってたよな」

摂理《せつり》に逆らってそれをやろうとするんだから、不自然にだってなるわけだ。

共犯者。ギイと交わしたあの約束、いっそ反故《ほご》にすべきなのだろうか。――ああ。

人里離れた山奥に建つ全寮制男子校、私立祠堂学院高等学校。この春無事に三年生に進級して、それまで同室だった寮の部屋だけでなく、クラスも委員会も別々になってしまったぼくとギイは、おまけにギイが（おおかたの予想どおり）階段長に選ばれてしまい、その担当が三階だったものだから、二階の住人であるぼくとは寮の階までワンフロア違いで、帰宅部こそお揃《そろ》いなれど、もちろんそんなものには何の意味もなく、况《ま》して、諸事情により、ふたりがつきあっていることは誰にもナイショでなくてはならず（例外は存在しているが、飽くまで方針はそうなのだ）いかんせん、ぼくには切ない日々の連続なのであった。

深々と溜め息を吐いたその時、寮に電話呼び出しの館内放送がかかった。それも、ぼくに。

かかってきた相手の名前までは放送されないのだが、ぼくにはピンときてしまった。

「遂《つい》に来たか……」

これまた、避けては通れぬ関門だ。――よし。

ぼくは覚悟を決めると、270号室から一階の、放送で知らされた公衆電話の二番ボックスへと向かった。

続けざまに、予想的中。

「託生、元気にしてるの？」

電話の相手は、母だった。

「元気だよ、おかあさんは？」

「こっちは変わりないわよ。そうね、変わったと言えば、お父さんのお腹《なか》まわりがまた少し、太くなったことくらいかしらね」

「はは、そうなんだ」

「どう託生、勉強の方は？」

「してるよ。普通に、だけど」

「お休みの日も、忙しいの？」

他愛《たわい》ない会話が、徐々に核心に近づいてくる。

「別に、まだ補習とかは始まってないから、休日はちゃんとお休みだよ。でもね」

「十五日は、託生？」

ほら、到着。

「無理なんだ、おかあさん」

「……まだ気にしてるの、託生？」

躊躇《ためら》いがちの母の問いに、

「違うよ、おかあさん。そんなんじゃない」

ぼくは公衆電話の受話器を握る手に、力を込めた。「そうじゃないけど、先月、ゴールデンウィークに帰省した時にも言ったけど、十五日は無理なんだ」

「どうして？　日曜日でしょ？　学校、お休みなんでしょう？　だったら――」

「ごめんね、おかあさん」

遮《さえぎ》るように謝ると、押されてしばらく無言でいた母は、やがてちいさく溜め息を吐き、

「そうね、去年、託生は、それでもひとりで行ってくれたのよね」

わだかまりもしこりも、あんなに残っていたにもかかわらず。

「誤解しないでほしいんだ、おかあさん。行きたくないわけじゃないんだよ」

「わかってるわ、託生」

母はすんなり納得して、「十五日当日は無理でも、今年も六月中には行ってくれるのよね」

明るく言った。

「うん、そのつもりだから」

「そう」

「……ごめんね、おかあさん」

ぼくはもう一度、謝った。

きっとわかってしまったね。

「仕方ないわね、つまらないけど、今年もお父さんの変わり映えしない顔を眺めながら、ふたりで行くことにするわ」

母の冗談に、ぼくはつい、笑ってしまった。

笑ったぼくに安堵《あんど》したように、

「託生、雨が続くけど体調を崩さないように、風邪には気をつけてね。あ、電車の切符、速達で送っておくから」

柔らかく、母が続ける。

「ありがとう、届くの待ってるよ」

きっと、わかってしまったよね。

確かに去年、ぼくはあの場所へ行けたけど、まだ、おかあさんたちと一緒には、あそこへ行けないということを。

「それじゃあね、また」

「うん、電話、ありがとう」

受話器をフックに戻して、ぼくは公衆電話のドアを開けて廊下へ出た。

六月十五日、兄の命日。両親と一緒に墓参りができないのは、まだどこかに微《かす》かなしこりが残っているせいでもあるのだが、もっと大きな、別の理由があったのだ。

『生きていたら最高のライバルだったなあ』

あの時、兄のことをそう評したギイ。兄の墓参りへと、ぼくの背中を押してくれたギイ。ぼくを力強く送り出してくれたギイ。彼のおかげで、ずっと避けていたあの場所へ行くことができたのだ。だからぼくは、兄を、父や母をも許す気持ちになれたのだ。

ぼくに肯定できる過去を与えてくれたギイ。兄の元へ、ぼくはギイと一緒に行きたかった。他の誰でもなく、あの場所へ、ぼくはギイと行きたかった。

「ほう、ギイとふたりきりで会いたいと。それをどうして僕に頼むのかな、葉山くん？」

そんなのは本人に直接頼んでくれ、と面倒臭《めんどうくさ》そうに顔に書いて、赤池章三がぼくに言った。

「めっきり声が掛け辛《づら》くて。ギイのゼロ番訪ねるのも、ちょっと勇気が出なくって」

夕飯で賑《にぎ》わう学食、ラッキーにもテーブルに章三をみつけたぼくは、恥を忍んで彼に頼み込んでいた。

「しょうがないな」

章三はぼくの皿からギョウザをひとつ箸《はし》で持ち上げると、
そのまま自分の皿に移動させた。

「ありがとう、赤池くん！」

「急ぎか？」

「あ――、うん、できれば」

「どこで会いたい？」

「どこでもいいよ。ちょっと、話がしたいんだ」

「まあな、集団でゴチャっと会うことはままあるけど、葉山とギイふたりきりってのは、ここんとこずーっとなかったもんな」

「うん」

たまに構内でギイをみかけて、偶然目が合った時、彼は、それこそ、三年になって『氷の美貌』と揶揄《やゆ》される、周囲からちょっと距離を置かれるような冷たい雰囲気を身に纏《まと》っているのにもかかわらず、ぼくへと、体の芯《しん》がとろけるような甘い微笑《ほほえ》みを返してくれるのだった。

けれど、それだけ。

ろくな会話もなく、彼とは行き違ってしまう。

「そう言や葉山、例の、園芸部の温室でバイオリンの練習、まだやってるのか？」

「天気の良い日にはね」

バイオリンは湿気を嫌うので、みすみす雨降りの日にケースから出すなんてことはしたくなかった。なにせアレはそんじょそこらのバイオリンではなく、かのストラディバリウスなのだから。ぼくが使っていること自体犯罪のようなものなれど、身の程知らずの指摘を受けようとも当の持ち主がぼくに『使え』と脅すのだから、広い心でご容赦《ようしゃ》いただきたい。です。

「結局、大橋先生の作戦にまんまと引っ掛かったんだな、葉山は」

章三がニヤつく。

「人聞きの悪い言い方、やめてくれよ」

「最初は、温室に花でも見においでと誘われて、行ったら水撒《ま》き手伝わされて、そんなこんなしているうちに、葉山の花壇《かだん》、用意されてたんだって？」

「──そうだけど」

「しかも、促されるままに花壇にタネ蒔《ま》いちゃったら、もう世話するしかないもんなあ。一度始めたら途中でほっぽり出せない葉山のキャラクター、把握《はあく》されてるよなー」

「赤池くん」

「まあね、葉山が温室にいるのにかこつけて、僕たちも時々、サロンがわりに使わせてもらってるけどね」

「赤池くんたちが来てくれて、温室が賑わって嬉しいって、大橋先生、喜んでるけど」

「そうそう。植物もワイワイ楽しそうな環境の方が良く育つってのが、大橋先生の持論だもんな。担任への協力を惜しまない、良い教え子だよな、僕たち」

「調子良過ぎ、赤池くん」

ぼくが睨《にら》むと、章三はケラケラっと笑い、

「園芸部、入部したわけじゃないんだろ?」

スルリと訊《き》いた。

「してないよ。でも、おかげで誰にも気兼ねせずにバイオリンの練習、させてもらえてる」

温室に入《い》り浸《びた》りの大橋先生は楽器の音がまるきり気にならないタイプだそうで、園芸部の本来の部員たちは、一週間に一度、温室にやって来るかどうかという状態で、いくら祠堂が広いとはいえ、構内のどこであろうと自由にバイオリンの練習をできる場所などそうはなく、大橋先生としては進路希望調査用紙に音大の名前を記入したぼくに、専門外だから指導はできないが可能な限り応援してあげようと、温室での練習を許可してくれたのだ。

ギイとの時間が持ちたかったためだけの、紙の上だけの進学先だったのに、あんまり大橋先生が親身になって申し出てくれたので、もちろん、好きなバイオリンが弾けるのは嬉しいので、ヒョウタンから駒《こま》、かもしれない、その状況を、ぼくも謹《つつし》んで享受《きょうじゅ》させていただくことにしたのであった。

「葉山、明日は？」

「晴れたらバイオリンの練習をするけど、雨でも温室へ行くには行くよ。水撒きと草むしりがあるんだ」

「ギイ、行かせるから」

「あ、でも、ギイにも放課後、予定が……」

「最優先させるさ。ギョウザの貸し、そのままじゃ寝覚めが悪いからな」

「ありがとう、赤池くん」

「どういたしまして」

章三は笑うと、奪ったギョウザを旨《うま》そうに頬張《ほおば》った。

「恒例、生徒会主催新入生歓迎行事、今年は全校オセロ大会となりました」

月曜日、当の生徒会長がクラス内にいるにもかかわらず、評議委員、つまり級長の簑巌玲二が朝のホームルームで発表した。――どこのクラスもこの伝達は級長がすることになっていたので。

六月に新入生歓迎行事は時期的に遅い感があるのだが、それすらまさしく恒例で、年度によっては講堂でミニ文化祭のようにクラス毎の演《だ》し物《もの》を披露《ひろう》することもあったし、スポーツ大会もあったし、様々なのだが、

「今年はオセロ大会ですか」

後ろの席の章三が呟いた。「三洲にしちゃ、随分と地味なものを選んだな」

意外そうな、その口調。

「一クラス二名の選出で、トーナメント、勝ち抜き戦です。優勝者と準優勝者には豪華賞品が用意されてるそうなので、頑張り甲斐《がい》があるでしょう」

天気予報のような玲二のセリフに、窓際《まどぎわ》の席の三洲がクスッと笑った。

途端、クラスの視線が三洲に集中する。——彼には、ギイとはまた別の種類のカリスマ性がある。彼の一挙一動に、多くの人が興味を惹《ひ》かれる。ギイのように出合い頭に胸を打たれる衝撃的な美貌の持ち主ではないのだが、ある日ふと、コイツコンナダッタッケカ？ とショックを受けるような美貌の持ち主なのだった。そしてそれから、目が離せなくなる。彼が気になって、仕方なくなる。今世紀最大の掘り出し物を発見した天下一の目利《めき》きの気分で、どこか誇らしげな気分で、三洲を追うことになる。そうなると、なかなか抜け出せない。気づいた時には、その執着が憧《あこが》れなのか恋なのか友情なのか、本人にすらわからない状態になっている。わかっているのは、理由は何であれ、三洲から目が離せない、その現実のみ。

「なあ三洲、豪華賞品ってマジ？」

誰かの問いに、

「残念ながら、大騒ぎするほどの品物じゃないけどね。放課後には中庭に公示が出るよ」

柔らかく、三洲が応える。

だが、あの三洲が取るに足らない品物なんかを賞品に用意するはずがないと、周囲の目からは期待の色がまったく消えない。

「放課後になればわかるのは、ひとまず横に置いといて、三洲、特別に教えてくれよ」

他の誰かが食い下がる。

「そうそう、級友特典で情報、リークしてくれよ、三洲」

三洲は教壇に立つ玲二をチラリと見て、

「簑巌、どうする？」

主導権を譲《ゆず》った。

玲二はさあと肩を竦めると、

「どうせ時間の問題だから、教えてもかまわないと思うけど」

「簑巌がそう言うなら、発表していいよ」

三洲は飽くまで、玲二に主導権を渡したいらしい。

玲二は弛《ゆる》く息を吐くと、

「その前に、大会までの日程をお知らせしておきます。実施日は六月十五日、今度の日曜日、午前十時から。開催場所は講堂です。出場者は十二日までに選出して、放課後の評議委員会で参加登録をします。その後、出場者のメンバーチェンジはできません。参加不可能な場合は代理は不可、欠場扱いです。なので、くれぐれも出場者選びは慎重にしましょう。うちのクラスの出場者選出方法ですが、生徒会からの指定はないので、自由です。自薦他薦、もしくはクラス内でトーナメントをするか、アミダでもジャンケンでもＯＫです。どうしますか」

「希望者のみ、トーナメント」

章三が即答した。

貫禄《かんろく》ある風紀委員長のきっぱりとした発言に、うっかり皆が納得してしまった。こうなると『提案』の域ではない。決定事項だ。

「では、十一日、水曜日の放課後、教室で希望者のみトーナメントを行います。参加する人は残ってください。えー、それと注目の賞品ですが、優勝賞品がシステム手帳、デジタルカメラ付きパワーザウルス。準優勝の賞品がGショック、ラバコレこと『ラバーズコレクション』の初回販売された、プレミア付き限定モデルです」

おーっ、と教室に唸《うな》りが上がった。

やはり三洲。さすが、三洲。たかが高校のゲーム大会に、どちらも破格の賞品たちだ。

「ちょっとマジになっちゃうかも、だぜ」

「それにしても迷うよな、どっちがホントの優勝賞品かわかんないぜ」

級友たちのざわめきは尤《もっと》もで、どうしてこんな、差別化の感じられないような賞品を三洲が設定したのか、ナゾである。

「なーるほどね」

章三が頷いて、腕を組む。

彼を振り返ったぼくは、

「何がナルホドなんだよ、赤池くん」

それで合点《がてん》が行った、とやけにスッキリした表情の章三は、

「葉山、同じ躍らされるなら、承知の上で躍らされろよ」

「なんだよ、それ」

「今は内緒。僕の推理が正しかった暁《あかつき》には、教えるから」

「推測でかまわないから、今、教えてくれよ」

「もう授業始まるぜ」

「あ」

そうでした。朝のホームルームは永遠ではないのでした。

章三の指摘が合図のように、一時間目開始を告げるチャイムが響き渡った。


「葉山サン！」

温室のガラス戸を勢い良く開け放ち、「大変だ、アラタさんにバレた！」

真行寺が飛び込んで来た。

びっくりした。ギイを心待ちにしていたぼくは、一瞬ギイがやって来たのかと、表情が、恋人仕様になっていたのだ。

慌てて『葉山先輩』の顔に戻す。

「でも真行寺くん、雑誌のことなら、バレない方がおかしいって」

「違うって！　雑誌はいいんだ、わざとだから」

読み違えるまでもなく、だね。

一目瞭然《いちもくりようぜん》だものな、あれじゃ。

「ふうん。ちゃんとデート、したんだ」

「殴《なぐ》る蹴《け》る！」

「へ？」

「俺の部屋来て、同室の奴がたまたまいなかったからそれをいいことに、アラタさんってば、俺をボコボコにして帰った」

「帰った？」

「怒りのあまり、雑誌、持ってくの忘れてんでやんの」

「でも、三洲くん、戻ってきたの、随分と経ってからだったよ」

「その後、俺が追っかけた」

「──はあ」

「アノヒトだってわかってんのに、俺がアラタさん誘うためだけにそうしたって。なのに殴る蹴るだけで終わりにされたら、俺がたまんないじゃん」

文字どおり、踏《ふ》んだり蹴ったり、ですか。

「なんだ、じゃあやっぱり、デートしてたんじゃないか」

「やるコトやったけど、デートって表現がねー。俺たちは恋人同士じゃないんだからどうのこうのと、アラタさんからチェック入るんだろーなー！　チクショー！」

「そんなに腹立たしいなら、つきあうのやめればいいのに」

「だってアノヒト、キモチイイんだもん」

「は⁉」

「やめ。いい。そんなことは、今、関係ない」

「真行寺くん……？」

「だから、大変なんだよ葉山サン！」

わかりました、ふたりのこと、もう追及しません。

「それで、何が三洲くんにバレたって？」

三洲、こと三洲新《あらた》。昨年の後期生徒会長で、今期、前期の生徒会長でもある、一筋縄《ひとすじなわ》ではいかない、優秀なれど、あらゆる意味で『摑めない』男である。（つまりこのふたり、似た者同士ということか!?）

部活を抜けてきたのであろう、剣道の藍色《あいいろ》の稽古衣《けいこ》、袴《はかま》姿で、しかも裸足《はだし》の真行寺。

「真行寺くん、履物《はきもの》は？」

道場では冬でも裸足が常識でも、外に出るのに、何も裸足でなくてもいいだろう。

「ネコ、あのチビ、リンリン、どこ？」

足の裏、痛くないのだろうかと密かに心配するぼくをよそに、だが真行寺は履物のことなど意に介せず、大股《おおまた》でぼくの方へやって来て（小石や何やらを平気で踏みつけ、しかもちっとも痛そうでなく）、「大橋先生、リンリンのこと、ちゃんとかくまってくれてるんだろうな」

苛《いら》ついた口調で、訊く。

歩くたびに見え隠れする、くっきりしまった実に健全な土踏まず。――外見だけでなく、内臓疾患《しっかん》もない、正真正銘《しょうめい》の健康体なんだね、真行寺。ウラヤマシイ。

「今日はまだリンリンの姿は見てないけど、先生別に何も言ってなかったし、大丈夫だと思うよ」

新学期が始まってすぐ、一年生がどこからか拾ってきた三匹の子猫。

世話好きの真行寺が音頭を取り、うち、真っ白な二匹はすぐ、祠堂の近所の家で貰《もら》い手がみつかったのだが、三匹目の子猫、これがみごとに真っ黒で、今時迷信もないものだが、やはり黒猫は人気がなく（真っ黒な犬は人気があるのに）貰いはぐっていたところ、大橋先生がこっそり温室で飼ってあげようと言い出したのであった。

「アラタさんが相手だ、油断は禁物だぜ、葉山サン」

「つまりリンリンをこっそりここで飼ってることが、三洲くんにバレたってこと？」

「アノヒト、地獄耳の上に動物ギライなんだ。ネコもイヌも、要するに正しく二足歩行する動物以外、ダメなんだ」

「正しく二足歩行って、それ、人間しか好きじゃないってこと？」

同じ二本足でも鳥などは、頭と尾でヤジロベエのようにバランスを取っているので、正確には二足歩行の生物とは言えないのだそうだ。

「カタヨッてるからアラタさん、もう、メチャクチャ。リンリン見つかったら、絶対、保健所に連絡されちゃうよ」

「そんなに好き嫌いが激しくて、よくこの祠堂でやっていけるよね」

いや、人のことを言える立場のぼくじゃないけど、ある意味、ぼくよりひどくないか、その偏《かたよ》り？

「面《つら》の皮の厚さ、半端《はんぱ》じゃないから。気持ちと百八十度反対のことだって、それが本音のように口にできるヒトだから。そのうち何が本心か、自分でわかんなくなっちゃうんじゃないかってくらい、パーフェクトにウソつくから」

何があろうと、いつでも温和で穏《おだ》やかで、笑顔を絶やさぬ三洲新。周囲の評判は彼が入学してこのかた、微塵《みじん》も変わってはいない。事実ぼくも、去年の文化祭まで、そう思っていた。

「三洲くんにとって真行寺くんは、唯一最高の理解者だね」

外面と内面の激しいギャップ、それらを全部ひっくるめて、真行寺は三洲を好きなのだ。

「容赦なく足蹴《あしげ》にされてるけど。って、じゃなくて！　葉山サン、リンリンのこと、頼むよ。アラタさんの魔の手から、可愛いリンリン守ってくれよ」

「——自信ないけど……」

「ああやっぱり？　なくてもいいから、俺、部活終わったら、ソッコーここ来るから、それまで。ね？」

「わかったよ、取り敢《あ》えず、努力はするから」

「それじゃ！」

真行寺はやって来たのと同じ素早さで、温室から出て行った。

「やれやれ」

どこか排他的であろうと、だが三洲はぼくと違ってキレモノで、状況判断の的確さはギイにひけを取らないのだ。他人の感情の機微《きび》にも聡《さと》く、四月、人間接触嫌悪症が復活したぼくに最初に気づいたのは彼だった。そしてそれを周囲に気づかせることなく、きれいにフォローしてくれたのだ。

ちなみに、リンリンという一見安易なネーミングはだがしかし、本当にストレートなネーミングで、いつの間にか誰かによって首につけられていたワインレッドの首輪のちいさな金色の鈴が、リンリンと愛らしく鳴る音から、大橋先生が命名したのであった。

「誰も異論を唱えないところが、こだわらないって言うか、いい加減と言うか」

雨は止《や》んだが、今日は朝から曇天《どんてん》で、ぼくはバイオリンを持参していなかった。部活に行く前にここへ寄ると言っていた真行寺だが、いつもの時間に現れないので都合でまっすぐ部活へ行ったのだと解釈していた。事実、そのとおりだったようだが、部活の途中で抜け出して、ここに来るとは予定外。予定外と言えば、いつもならとっくに来ている大橋先生も、まだ温室に現れない。それに、ギイも。

「なんか、全部が予定と違っていて、調子の狂う日だな、今日は」

それとも、いくら章三の頼みでも、どうにもならない用があって、ここに来られないのだろうか。

それはそれで、しょうがないよな。無理を承知でってのだもんな、今回は。

けれど、

「ダメだ。期待しちゃってる」

外されたら、ものすごく、傷ついてしまいそうだ。

ぼくは温室中央の、とりどりの花に囲まれたベンチに腰を下ろすと、切なさに絞《しぼ》られるように痛むキモチを必死に宥《なだ》めた。

ふと、遠慮がちな、ガラス戸のきしむ音がした。

ギクリと振り返ると、植物の葉の隙間《すきま》から制服の学生の姿が見え隠れした。

ぼくは、腰を浮かす。どうしてか、体が震えた。

背の高い植物の陰から、様子を窺《うかが》いながら歩を進めていたギイと、目が合った。

「よ」

彼が、微笑む。

ぼくは、ギイに抱きついていた。

躊躇《ためら》いなく背中に回されたギイの力強い腕に、体の震えが収まってゆく。

「良かった……」

来てくれて。

「託生？」

ギイに会えて。

「もう無理だって、半分、諦《あきら》めてた」

「そんなに待たせたか？　ごめん、託生」

ギイはぼくの耳元で囁《ささや》いて、「謝るから、だから、泣くな」

「泣いてなんか——」

顔を上げて反論しかけたぼくに、ギイがすかさずキスをする。

「あ……」

「そうだな、泣いてなかった」

口唇が触れたまま、ギイが囁く。

彼の吐息《といき》が、ぼくの中へ流れてくる。

ぼくは大きく、彼を胸の奥深く、吸い込んだ。——目を閉じて。

「もしかして、邪魔しちゃったのかな？」

のんびりとした口調で、大橋先生が訊いた。「崎、慌ててどこか行っちゃったよね」

彼の白衣のポケットに、かなり大きくなったリンリンが、本人、じゃない本猫の意思で収まっている。縫《ぬ》い目が切れそうに膨《ふくら》んだポケット。リンリン側の白衣の襟《えり》が、リンリンの重さで下に引っ張られていた。

「そんなんじゃ、ないです」

ぼくは、職員会議でいつもより登場が遅れた大橋先生の、なのに、ギイとのひとしきりの抱《ほう》擁《よう》が済んでいよいよ本題に突入しようとした寸前、というタイミングに、恨《うら》みたいような、だがしかし、先生、職員会議で遅れてくれてありがとう。と感謝すべきなのか、複雑な心境なのであった。「用事の途中で、ちょっと立ち寄っただけだって言ってましたから」

確かに、大橋先生が現れなくても、ギイのここでの滞在時間はそうは変わらなかったはずなのだ。ただ、大橋先生がいては、ギイとしてもオマケのつけようがなかっただけで。

いいか。肝心の話はできなかったけれど、少なくとも、ギイとキスできた。

「葉山くん、崎と仲が良かったんだっけ？」

植物たちの水やりの状態を丁寧《ていねい》にチェックしながら、大橋先生が訊いた。

「え？　あ、特には」

「そうなんだ。——崎が別れ際、葉山くんに何か話したそうにしてたから、てっきりね」

「ギイがぼくに、ですか？」

ぼくがギイに、じゃなくて？

つい、未練たっぷりにギイの後ろ姿を見送ってしまった、ぼくだから。

「葉山くんは生真面目《きまじめ》だね。教えたとおり、きっちりやる」

「それ、正直の上にバカがつく、手合いですか？」

「違うよ」

大橋先生はおかしそうに笑うと、「穿《うが》ち過ぎ。素直さってのはね、大きく育つには不可欠の要素なんだよ。植物だってそうだ、クセの強いものは、スクスクとは育たない」

「生真面目と素直は別物だと思いますけど」

「きみは、生真面目で、且《か》つ、素直だ。それでいい？」

「はあ」

「こらリンリン、服に爪《つめ》を立てたら痛いだろ」

大橋先生がポケットのリンリンの狭い額を指先でつつく。

リンリン？　そうだ、忘れてた、三洲新！

「先生、三洲くんがリンリン奪いにくるかもしれません！」

「どうして？」

「猫嫌いだから保健所へって」

「そもそも、祠堂で動物飼うのは禁止されてるし、って？　でもそれ、学生は、だろ？」

「なんだ、じゃ、教師はいいんですね？」

「さあ。前例がないから、わからないな」

「——先生！」

「そんなに心配することはないよ。——あれ？　去年のカリフラワー、確か、崎から貰ったのを葉山くんが育ててたんだよね」

　ギクリ。

「あ、はい、でした、はい」

「やっぱり、仲、良かったんじゃないか」

「いや、あの、でも、その、今年は」

「そうだそうだ、思い出した。こっちで勝手に植え替えた時、元の場所からいなくなったカリフラワーを心配して、ふたり一緒に探してたよねえ」

　いかん。目撃されてた。そうでした。

「仲良くないふりでもしてるのかい？」

「そんなことは、ないです」

「仲悪くも仲良くもない？　おかしな間柄だね、きみたち」

「去年は同室だったんですけど、今年は違うんで、なんか、去年とは勝手が違うって言うか、その」

「ああ、まあね、部屋が変わると疎遠になったりするってよく聞くけどね。——いけない、また脱線した。つまり、三洲が猫を奪いにきても、渡さなければいいんだろ？」

「そうしてください、先生！」

「ただ三洲は、そんなことしないと思うけどねえ」

「そんなの、わからないじゃないですか！」

「ついさっき会ったけど、リンリン見ても、何も言ってなかったしな」

なんですと!?

「——先生、それ、先に言ってください」

ああ、脱力。

「ルール違反でも、担任の連れてる猫だ、可愛いですねとお世辞の一言でも言ってくれると更に良かったんだけどねえ。三洲はどうやらこの子が嫌いらしい」

「猫だけでなく、すべての動物が嫌いなんだそうですけど」

「違うよ葉山くん、三洲は、この子が嫌いなんだよ」

ぼくは、はっきり断言した大橋先生の、そのくせどこまでも穏やかな温和な顔を、じっと見入ってしまった。

帰りがけに剣道部の道場に寄り、真行寺に大橋先生の太鼓判《たいこばん》を伝えてから(猜疑心たっぷりな真行寺の眼差《まなざ》しは、この際なかったことにして)ぼくは寮へ戻った。途中、郵便受けにぼくへの速達を発見する。母からの、切符だ。

「すごい早業《はやわざ》。昨日の今日なのに」

ぼくは封筒を手に、270号室に向かった。部屋には、なんと、三洲が帰ってきていた。

「お帰り」

ぼくを迎えてくれる、教科書に載っていそうな、みごとなまでの柔和な笑顔。

「た、だいま」

彼は素早く目を走らせて、ぼくの全身をチェックすると、

「おやまあ、動揺しちゃって。葉山、俺に対して、何か後ろめたいことでもあるのかい」

含みはリンリンのことなれど、ぼくの手の中、白い封筒に、視線を止めた。

「真行寺くんが心配してたよ、リンリン、強制的に保健所に連れてかれちゃうんじゃないかっ

て」

「人の飼い猫、勝手に処分したら犯罪だろ」

三洲は薄く笑うと、「そんなことしやしないよ。リンリンね、パンダみたいな名前だな」

「動物、嫌いなんだって？」

「自主的に動くものは、たいてい嫌いだね」

リンリンを、嫌いなんだって？

とは、さすがに怖くて訊けなかった。理由を知るのが、なんだかとっても恐ろしい。

「三洲くんが好きなのは人間だけって真行寺くんが言ってたよ」

「同じ人間でも、飲み込みの悪いバカは嫌いだし、あからさまなおべんちゃら使う奴も嫌いだけどね」

「――そんなに好き嫌いが激しくて、窮屈じゃない？」

「選択肢が限られて不自由だから？　でも別に、それで葉山に迷惑がかかるわけでなし」

「それは、そうだけど」

「それに俺は葉山と違ってウソツキだからね」

三洲は愉快そうに肩を竦めると、「最近めっきり、真行寺と仲が良いんだな」

脈絡ない展開に、ぼくは三洲のめくらましに引っ掛かった気分になる。

彼の置かれたポジションはともかく、ぼくに三洲の人柄がどうしても把握できないのは、彼が矛盾しているからだ。ウソと真実が、同じフィールドに混在している。それも、等しく価値を持って。更に厄介《やっかい》なことに、場合によってはまったく同じ位置に、矛盾したそれらが幾重《いくえ》にも重なっている。優しさと冷酷さがまぜこぜで、いつ仮面をつけているのか外しているのか、ぼくにはまったくわからないのだ。

だから、三洲くんってどんな人？　と訊かれても今のぼくには答えられないし、彼を好きか嫌いかと訊かれても、答えられない。ただ、なのに、信頼していた。章三に対するものとは種類は異なっているが、心のどこかでこの人は大丈夫だと、理屈でなく、安心している自分がいる。

「三洲くんに翻弄《ほんろう》されてるのは、真行寺くんだけじゃないよね」

すっかりぼくも、仲間入りだ。

「それが真行寺と仲良くなった理由？」

軽い口調、相反する、慎重な眼差し。

「三洲くんがぼくと真行寺くんとのこと、気にしてるなんて意外だな」

——あれ？

「ハッ、そりゃ、少しは気になるさ」

もしかして……。

「恋人でもないのに？」

言った途端、三洲が露骨に眉《まゆ》を顰《ひそ》めた。

滑稽《こっけい》でも、これ見よがしな言い訳が必要な恋もある。本当の気持ちを心の奥深く隠して、一番大切な人を誰より粗末に扱う、そんなつきあいもある。普通の、そこらへ転がっているような『平凡な恋人同士』が望みなのに、それを許さないキャラクターが、屈折した関係を生み出すのだ。

好きでなければ、キスなんかできない。相手が誰でもいいのなら、ずっと真行寺とだけつきあってる必要もないわけだ。むしろ、快楽を追求するためだけならば、誰だって、不特定多数との道を選ぶだろう。

「惚《ほ》れてなくても、あいつは俺の所有物だ」

もしかして、リンリンの姿に、真行寺とぼくを映してた？

「他人のものを勝手に処分したら、犯罪だものね」

確かに、リンリンたちのことがあって、子猫の貰い手を探しまわったのがきっかけで、真行寺とぼくは急速に親しくなったのだが、

「――そういうことだ」

だから、リンリンが『嫌い』なんだ。そうか、そうなのか。

「変なの、あんなに愛されてるのに不安なんだ、三洲くん」

「葉山、本題からずれてるぞ」

あからさまな、三洲の不機嫌。

「だってね三洲くん、真行寺くんが誰憚《はばか》ることなく『大好きな三洲くん』のノロケを話せる相手なんてね、祠堂広しと言えど、ぼくだけなんだよ。他言無用を布《し》いてるんだろ？　真行寺くん、ちゃんとそれ、守ってるんだろ？　ぼくにしか話せないのに、それすら禁止なんて言わないよね」

一瞬、三洲の表情が止まった。そして、

「他人に俺の噂話、勝手にされるのは迷惑だな」

悪態をつく口調と裏腹な、ほころんだ目元。

「——三洲くん。いくらなんでもそれはムチャ」

古人も言ってる。他人の口に戸は立てられません。

呆れるぼくに、三洲が笑った。

「参ったね、葉山、崎がつきあってるだけはある」

「え？」

「真行寺、まだ道場？」

「あ、うん、帰りがけに寄った時はまだ地稽古《じげいこ》までメニューが進んでなかったから、あと一時間ぐらいは道場にいるんじゃないのかな」

「そうか」

三洲はドアへ近づくと、「散歩してくる」

ひらひらとぼくに手を振って、出て行った。


夕食の後、三洲が不在のひとりきりの部屋で、ぼくは母から送られた切符を手に、ずっと考えていた。

このままでは埒《らち》があかない。こんなことしてるうちに、当日の朝を迎えるどころか、翌日になってしまうかもしれない。

「いいか、もう」

誰にどう思われても。

考え過ぎるから、おかしくなるんだ。

ただの友人だったら、友人の部屋を訪ねるなんて、日常茶飯事じゃないか。

我と我が身を励まして、270を後にする。階段を三階に上り、一番端のギイのゼロ番、300号室の前に立つ。廊下を歩く下級生たち、誰もぼくに注目などしてないのに、どうしてか、嘖《さいな》まれてる気分になる。

ダメだ、ここまで来て、足が竦む。やはり、帰ってしまおうか。

「崎先輩なら在室ですよ」

唐突に、誰かがぼくに声を掛けた。

振り返ると、見知らぬ顔の一年生が、親切にも、

「さっき部屋に入って行くの見ましたから」

教えてくれた。

「あ、ありがとう」

「そんなに緊張しなくても、見た目ほど怖い人じゃないですよ」

彼が続ける。

夕食後の祠堂学生の殆どは私服に着替えているので、ぼくには彼が一年生だと（消去法で）わかるものの、向こうにはぼくの正体は不明なのだ。——同じ一年生かと思われたのかもしれない。

続けた彼は、ご丁寧にもドアをノックまでしてくれた。

え!?

待ってくれ、心の準備が！

慌てるぼくなどおかまいなしに、すぐにドアが開いてしまった。

「あれ？」

メガネの奥で、ギイの瞳《ひとみ》が意外そうに見開かれた。

「崎先輩、お客さんです」

かの一年生はギイにぼくを引き合わせると、任務終了とばかり、どこかへ立ち去った。

「託生？」

不思議そうに、ギイが訊く。

「あー、その……」

「こら、一年なんかにナンパされてるんじゃねーよ」

「そんなんじゃないよ」

「いいから、入れ、ホラ」

彼はぼくの腕を掴むと、ぐいと室内に引き込んだ。

「あれ、葉山くん？」

聞き慣れた声に視線を向けると、簑巌玲二がソファに寛《くつろ》いで座っていた。

「あ、こんばんは」

先客でしたか、ああ、がっくり。

と、突然、

「悪いギイ、急用を思い出した」

玲二が、いきなりソファから立ち上がった。

「え？　簑巌、コーヒー、もう淹《い》れちまってるぞ」

「ごめん、葉山くんと飲んでくれよ。それじゃ、ごゆっくり」

玲二はぼくに微笑みかけて、そそくさとギイのゼロ番を後にする。

それを横目で見送って、

「おかしな気、遣《つか》いやがって」

ギイは苦笑すると、「託生、コーヒー、飲むか？」

ぼくに訊いた。

ナイショのはずなのに、もうふたりは特別なカンケイなんかじゃありませんと、こんなにこんなに主張しているのにもかかわらず、どうしてか、以前の関係を知ってる友人たちは、『なーんちゃって、またまた。ははは』的な対応をしてくださるのだ。信じてくれないというか、鵜呑《うの》みにしてくれないというか、騙《だま》されてくれないというか。章三や三洲のように事実を知ってるわけではないから、さすがに面と向かって『なーんちゃって云々《うんぬん》ははは』とは言いはしないが、彼らの態度がすべてを物語っていた。

「託生？　コーヒー」

ぼんやりしてると、再び訊かれて、

「あ、うん、飲むよ、ありがとう」

どうしよう。室内に、ふたりきりになってしまった。

こうゆう状況は、何日、いや、何週間ぶりだろうか。

「とにかく座れよ、託生」

ギイはカップにできたてのコーヒーを注ぎ入れながら、ぼくを促す。

ぼくはソファへそっと腰を下ろし、落ち着かない気分でギイを見上げた。

「ここにいてもいいのかな、ギイ」

「夜にふたりきりは、さすがにヤバイか？」

からかうように言って、「かまやしないさ、いいよ。さっきまで簑巌とふたりきりだったしな」

「簑巌くん、良かったのかな。用事、あったんだろ？」

「急ぎじゃないんだろ。それにしても、訪れるオトコが入れかわり立ちかわりで、かなりアヤシイよな、オレも」

ふざけて笑って、ギイはふたつのカップを手に、ぼくの脇にストンと座った。「ホラ」

「ありがとう」

カップを受け取り、「いただきます」

一口飲む。

ギイも一口飲んでから、ガラスのテーブルにカップを置くと、当然のようにぼくの手からカップを取り上げ、彼のカップの隣に並べ、

「よく来たな」

ぼくの頬に手を当てた。「温室でキスなんかしなけりゃ良かったって、さっきまでずっと、後悔してた」

「ギイ?」

ぼくと、会いたくなかった……?

「違うって、そういう意味じゃない。そんなに不安そうにオレを見るなよ、そうじゃない。オレ、自制心弱いから、水を引かれて、ヤバイなあってさ」

会えないのに、「今夜も約束入ってて、託生と会えないのに、況して、さすがにオレから託

生の部屋へ夜這《よば》いもかけられないだろ、三洲がいるのに。マジで、オレからキスしといてナンだけど、しまったと、後悔してたわけだよ」

なのに、そしたら、託生がここへ来てくれた。

「じゃあ、怒ってない？」

「わけないだろ。——託生」

そのまま引き寄せられて、柔らかく、口唇が重ねられる。

ギイの腕が、ぼくを抱きしめる。長くて、深いキス。

「……ギイ」

キスの合間に、何かを求めて彼を呼ぶ。けれど、不意に誰かにドアを開けられたらマズイからこんなことは止めて欲しいのか、むしろ、そんな危険をも顧みずもっとぼくをどうにかして欲しいのか、自分でもわからないのに、何かを彼に求めていた。

「いっそここで襲《おそ》っちまおうか」

悪戯《いたずら》っぽく、ギイが囁く。

ぼくはたまらずに、目を閉じた。

「誘うなよ、託生」

苦笑混じりの囁きとともに、ギイはぼくをソファへと押し倒す。

重ねられたギイの体重に、愛しい重さに、それをどこへもやりたくなくて、失いたくなくて、ぼくは独り占めしたがる子供のように、ギイの背中へきつく腕を回した。

「そうだ」

ふと、ギイが体を起こす。「託生、留守にするから電気消すぞ」

え？

「あ、出掛けるんだ、ギイ。ごめ、ごめん。わかった、帰るね」

またしても途中でおしまい。でも、しょうがないよね。話もできなかったけど、しょうがないよね。

起き上がりかけたぼくを、ぼくの肩を摑んで押し戻し、

「違うって」

「え？」

ギイは再びドアまで行くと、廊下側のドアノブに外出中のプレートを引っかけ、ドアを閉めて内側からロックした。

「ギイ？」

カチリと部屋の電気が落とされた。

暗闇を、迷うことなく近づいてきたギイは、

「ソファとベッド、どっちがいい」

低く、尋《たず》ねる。

「――どっちでも」

声が、掠《かす》れた。

応えた途端、ぼくはギイに抱き上げられた。


「このまま、朝までお前を帰したくないな」

濡れたぼくの前髪を指先でそっと掻《か》き上げて、ギイが囁いた。

ぼくはまだぼんやりと、ギイの腕の中で放心していた。

「託生？」

頬に、ギイの柔らかい口唇がゆっくりと押し当てられる。

徐々に移動して、やがてぼくの口唇に。

忍び込んで来たギイの舌先に、ぼくがギクリと反応した。初めてされたキスのように、体中に戸惑いが走る。過剰反応のぼくに、ギイが微笑んだ。

「託生、そんなに良かった？」

訊かれた意味が、よくわからない。

「でもな、これ以上はタイムオーバーで無理なんだ。消灯まで三十分も残ってない。場合により点呼免除の階段長のオレはともかく、託生、点呼までに部屋に戻ってないとまずいだろ？」

「え？」

なに？

「それともいっそ、朝までオレといる？」

三洲がお前の分の点呼をうまく誤魔化《ごまか》してくれたら、それも可能なんだけどな。

「……ギイ？」

「戻って来られないなら、いいんだよ託生」

優しくギイが、ぼくの背中を抱く。彼の手のひらが、背中からゆっくり、下へと降りてゆく。

「そのまま、そこにおいで。オレがそっちへ行くから」

耳から脳髄《のうずい》へ柔らかく通り抜ける、ベルベットのようなギイの声。重なる、彼の素肌。絡む両脚。触れる——、

「ギイ……！」

どうしたんだろう、世界がゆるゆるしている。ゆるゆると、ぼくを狂わせてゆく。なにもか

もがゆるゆるで、求められるままに、ギイを受け入れてしまう。

声が洩《も》れる。自分でドキリとするような、甘い声。

「……託生、もっと聞かせてくれ」

ギイの囁きに、更に何かがおかしくなる。——どうにかなってしまう、ギイ……。


気づいた時、傍《かたわ》らからは、耳慣れたギイの規則正しい息遣いが聞こえていた。

「あれ……？」

すべてが夢の中の出来事だったように記憶がぼんやりとしていて、まるで、305号室へと時間が戻ったかの錯覚に囚《とら》われた。——そんなはずはないのに、けれど錯覚した一瞬、とても幸せな気持ちになった。

ここはギイの部屋、彼の個室のベッドの上。

「いつの間に、眠ってたんだろう」

シーツに、ギイの香りがほんのりと移っている。

去年に戻ったような懐かしい錯覚に陥《おちい》ったのは、きっと、ぼくを包むこの香りが原因だ。

薄闇に浮かぶ、ギイの寝顔。――見るの、春休み以来だね。

「今、何時だ?」

勝手のわからない室内に、時計を探す。だが周囲の森閑《しんかん》とした雰囲気で、とっくに消灯を過ぎたことは確かなように思われた。「点呼、どうなったんだろう。ああ、まずいな、どうしょう」

点呼が取れないことで問題が発生していたら、ぼくがのんびりここにいられるはずがないので、おそらく点呼に関しては、三洲がうまく処理してくれたのだろう。

まずいのは、

「いくら久しぶりだったからって、あれは、ちょっと……」

意識がはっきりしてくるのに伴って、記憶まで、クリアになる。

「……託生?」

ぼんやりと、ギイがぼくを呼んだ。「どうした、目が覚めたきり眠れないのか?」

寝ぼけ眼《まなこ》のギイが、ぼくを引き寄せる。

裸のままのぼくたち。裸のままの、ギイとぼく。

「ぼく、部屋に帰るよ」

言うと、いきなりギイがパッと両目を開けた。

「どうして」

責めるような、その口調。「今の託生のセリフで、思いっきり目が覚めちまった」

「だって」

「こんなに素晴らしい夜をだな、台なしにするようなこと言うんじゃない」

「——素晴らしいどころか、恥ずかしいよ、ギイ」

「い、い、い、い、い、い、淫らな託生とツチノコは同じくらい発見が難しいんだ。せっかくのオレの喜びに、水を差すな」

「で、でも、ギイ」

思い返すだけで、顔から火が噴《ふ》き出しそうなんだ。

「それに、そんなことはお互い様だろ」

照れたように、ギイが続ける。「ふたりでしてて、託生だけどうにかなるわけじゃないんだから」

「でも——」

「頼むから、せめて今夜くらい、オレのものでいろよ」

ギイ。

「な？」

ああ、そうだった。

ぼくは、ギイへと腕を伸ばした。

ぼくの腕ごと搦《から》め捕って、ギイがぼくを抱きしめる。

ひとしきり、ぼくをきつく抱きしめてから、

「託生、オレ、お前に話があるんだ」

ギイが言った。

「ぼくに？」

そうだ、昨日の温室で別れ際、ギイがぼくに何か話したそうにしていたと、大橋先生が言ってたな。本当に、そうだったんだ。

「この前の電話、誰からだった」

いきなり、ギイが切り出す。

「この前？　って？」

「日曜日の夕方、お前に電話の呼び出しがあっただろ」

「ああ。母からだよ」

「お袋さん？」

訝《いぶか》しげな声音に、

「やだなギイ、勘《かん》ぐるような、そんなんじゃないよ。本当に、珍しいことだけど、母からだったんだ」

「お袋さん、何だって」

「あの……、昨日温室で、結局ちゃんと話せなかったんだけど、実はぼくもギイに話があったんだ」

「お袋さんの電話と、関係あるのか？」

「うん」

「託生、それ、兄貴の件か？」

「えっ」

ぼくは、ギイを凝視《ぎょうし》してしまった。「ど、うして、ギイ」

わかったんだ？

ギイは、切り出し難《にく》そうに視線をぼくから外すと、

「託生、踏み込み過ぎなら、そう言ってくれよな。どうもオレの感覚、日本人になりきれないようだから」

「ギイ？」

「兄貴の命日、今度の日曜日だったよな」

ギイ、――覚えてくれてたんだ、兄の命日。

「託生、今年の墓参り、オレも一緒に行かせてくれないか」

ぼくは、途端、泣きそうになった。

動揺に、口を両手で塞《ふさ》いだぼくに、

「ごめん、やっぱり無理だよな。オレ、お前の家族じゃないもんな」

ギイは恐縮して、「不躾《ぶしつけ》だったな、ホントにごめん。さすがに、どう言い出せばいいか、わかんなくてさ。昨日も、本当は墓参りの件を訊きたくて、それで章三から頼まれたのをいいことに、温室、勇んで行ったんだけどな、うまいタイミング摑めなくて、ダメでさ。――きっかけが摑めなかったってのも事実だけど、お前、目の前にしたら、話なんかどうでもよくなっちまって、ごめん、それで、こんなだ」

「誘いたかった、ギイ」

「えっ？」

信じられないよ、こんなこと。

「ぼくこそ、兄の墓参り、一緒に行って欲しいって誘いたかったんだ、ギイ」

「託生、マジ？」

本当に、いつだってギイは、ぼくが一番望むものをくれるんだね。いつだって、ぼくの気持ちを満たしてくれるんだね。

「ぼくも、ずっとギイにそれを言いたくて、それで赤池くんにも頼んだりして、でも、ギイといると、それだけで世界が完結しちゃうみたいで、ギイの存在で気持ちがいっぱいになっちゃって、何も考えられなくなって、良かった、ギイ」

「相変わらず、日本語が混乱気味だな、託生」

ギイはふわりと微笑んで、「日曜日、オレも一緒に行っていい?」

改めて、訊く。

「うん」

天にも昇る気分って、きっと、こんななんだ。

「託生」

ギイが、ぼくへと顔を近づける。「両親は、いいのか? お袋さんの電話、それだったんだろ?」

「誘われたけど、断ったよ。まだ、駄目なんだ。何時間も一緒にはいられないんだ。家でずっと一緒だとか、ただの旅行だったら平気だけど、行き先があそこだと思うと、けっこうキツイんだ」

「だが両親だってその日に墓参り、行ってるんだろ。向こうでバッタリ会うかもしれないぞ」

「それは、いい。道中が、苦しいだけだから」

「そしたらオレのこと、紹介してくれる？」

「もちろんだよ、ギイ」

「そうか」

甘く、柔らかなキスをしてから、「託生、大切なことだから、別々にここを出て駅で待ち合わせ、なんかしないで、ここからちゃんと、ふたり一緒に出掛けよう」

「え？　いいのかい、ギイ」

余計な勘ぐり、されちゃうかも、だよ。

「ずるいことすると、お前の兄貴に叱《しか》られそうだ。そんな男に大切な弟はやれない、なんて言われたら、オレ、たまんないよ」

「そんなこと、言われないよ」

「それでなくてもオレ、三年になってから、託生のこと泣かせてばかりいるのに」

「泣いてなんか、ないじゃないか」

さっきはさすがにウッときたけど、それは悲しくて、じゃなく、むしろ――。

「十五日といえば、ああ、オセロ大会の日だ」

ふと、ギイが言った。

あ、マズイ。

「ギイ、そうだよ、オセロ大会。もしかして、クラス代表に選ばれちゃった?」

「いや、選出は水曜日の帰りのホームルームに投票で決定することになってるけど、うちのB組には、矢倉も、勉強はともかく滅法ゲーム関係に強い岡田悟もいるからな、大丈夫だよ、託生。お前こそ、大丈夫なんだろうな」

「心配ご無用。ぼくが選ばれるわけないだろ」

十時スタートのオセロ大会。参加していたら、墓参りには到底行けない。兄の墓まではここからだと、行って帰って、まるまる半日以上かかる距離なのだ。昼過ぎに出掛けたりしたら、とてもじゃないが、門限までに戻って来れない。

「おかしな自信だな、そりゃ」

ギイが吹き出す。

「でもどうして、今年はオセロなんだろう」

ぼくの疑問に、ギイが相乗り。

「しかも賞品があんなでって?」

「そうなんだ。おまけに赤池くんが意味深なこと言ってたから、気になっちゃって」

「おやおや」

ギイはちいさく笑うと、「まあね、見た目はパームトップの手帳でも、実質ザウルスの機能はパソコンのモバイルと同等だもんな。加えてデジカメまで付いてるタイプとなると、欲しいヤツは多いだろうな。更に、男女ペアのラバーズコレクション、彼女に片方プレゼントしたら、メッチャ喜ばれることでしょう。現在《いま》、定価の三倍以上のプレミアが付いてるそうだし、そもそも初回の限定品なんて、この時期にいったいどうやって入手したんだろうかと、三洲マジックに首を捻《ひね》るばかりなり、と」

「——ギイ？」

「貰えるとしたら、託生はどっちが欲しい？」

「ぼくは——、電子手帳にも腕時計にも興味ないから、どっちも要らないけど」

「ははは。だよな、託生にはオレだけいれば充分だよな」

「そういうこと言ってるんじゃなくて！」

「実際は、どっちがどっちの賞品でも良さそうなラインだもんな。狙《ねら》いは、ゲームをより面白くするためと見た」

「ああ、準優勝の賞品の方が良くって、決勝でわざと負ける人がいるかもしれないよね」

「託生、惜しい」

「何が？」

「その読み、もう一歩、深くしてみろ」

「え、じゃあ、決勝のふたりがふたりともGショック狙いで、決勝戦がいかに相手に負けるかという、おかしな展開になる、とか」

「それはそれで面白いかもしれないけどな、違うだろうな、多分」

「ギイ」

「降参?」

「うん」

「今回のゲームは、二重構造になってるんじゃないか?」

「クラスで二名選出だから?」

「まあ放っといても、時期が来ればそのうちわかるんだろうが、表向きのオセロ大会と、裏側のゲームとでね」

「それ、もしかして……」

「ん?」

「トトカルチョ?　そういうこと、ギイ?」

「だから、多分な」

「だったらもちろん、優勝者を当てるんだよね」

予想を当てにくくさせる為に、わざと賞品をああ設定したのか。「ねえギイ、トトカルチョなんだから、当然お金を賭けるんだよね」

「いやー、学生がそんなことしたらマズイだろ。あからさまに金が動くようなこと、あの三洲がするとは思えないからな」

「でも絶対、裏の方が盛り上がりそう」

「それは否定しません」

ギイは目を細めると、「賭け事の嫌いな託生くん、朝までにもう一度、地道にオレと盛り上がりませんか」

「なに、それ」

笑ったぼくに、すかさずギイがキスをする。

「愛してるよ」

囁きに、そっとぼくも頷いた。

十二日、木曜日。放課後の評議委員会終了後、それはすさまじい勢いでスタートした。

出揃った、すべてのメンツ。

「要するに、人気投票みたいなもん。何票入れてもかまわないけど」

章三が、説明してくれる。

「優勝しそうな人に投票するわけ？」

差し入れの缶コーヒー持参で温室に現れた章三と、ベンチに並んで座って、「で、当たったらどうなるの？」

ぼくが訊く。

「相当金額分の学食のチケットが贈られるそうだ」

祠堂では、朝食と夕食は無料配膳《はいぜん》なのだが、昼食だけは（必ずしも皆が学食で食べるとは限らないので）個人的に券売機で購入後、カウンターで受け取るシステムになっていた。

一年間の昼食代、それは決してバカにならない金額だ。

「ふうん。お金は直接賭けないけど、投票用紙を一票いくらかで購入する仕組み？」

「おお、葉山、優秀」

「去年までそんなことしてなかったのに」

「なにせ今年の生徒会長は、あの抜け目ない三洲だ。突然の思いつきじゃ、あの賞品は用意できないもんな。相当以前から準備してたか、これこそバクチのようだが、八方手を尽くして、奔走《ほんそう》して入手したか」

「そうか、それで、忙しい忙しいだったんだ」

真行寺を愚痴《ぐち》らせて、自ら蒔いた種とは言え、三洲がぼくに嫉妬《しっと》した、その原因。

「忙しい？」

「ううん、なんでもない」

「ウラのトトカルチョはもちろん先生方には内緒なんだから、葉山、ボロ出すなよ」

「喋《しゃべ》らないけどね、それは」

でもいいのかな、ホントにそんなこととして。

「どうせ自由参加だから、葉山、気乗りしないならやめておけばいいんだよ」

「そう言う赤池くんは？」

「個人的な意見はどうあれ、僕の立場でやれるわけないだろ」

「それは、そうだよね」

天下の風紀委員長が、みすみすトトカルチョに手を出したりしたら、示しはつかないだろうなあ。

「尤も、取り締まるつもりもないけど」

「へえ、そうなんだ」

「あ、でもな葉山、お前、せっかくギイが出るんだから、ヤツに一票入れてやるのも、愛情のうちってのじゃないか？」

軽く笑った章三に、ぼくはギクリと身を竦ませた。

「うそ、ギイ、出るの？」

「なーにそんなに驚いてんだよ」

「だって、一度ノミネートされたら、代理は立てられないって簑巌くん、言ってたじゃないか。欠場扱いになっちゃうから、ノミネートされた以上、どうしても参加しなけりゃいけないんだろ？」

「おい葉山、なんだお前、ギイにオセロ大会出てもらいたくないみたいなこと、言うんだな」

大丈夫だって、言ったのに。一緒に兄の墓参り、行ってくれるって約束したのに。

「約束したのに、ギイ」

声が、震えた。――どうしよう、ギイ、ぼくとの約束を破った。

「葉山？」

「ひどいよ、ギイ」

「おい、泣いてるのか？　おい」

「最低」

ぼくは顔を両手で覆《おお》うと、嗚咽《おえつ》を殺した。


夕食の後、ちっとも進まない宿題の課題を机に広げたまま、何度読んでも頭に入って来ない設問をそれでも懲《こ》りずに追っていると、２７０にノックがあった。

先日の仕返しに真行寺から奪ってきた、真行寺の愛する未開封だったマンガの新刊を、やはり机で読んでいた三洲が、立ち上がってドアを開けた。

「おや、珍しい」

三洲が、言う。「珍客だ、葉山」

促されてドアを見ると、三洲の肩越しに、ギイがいた。

ぼくは視線を、机に戻す。

そんなぼくの態度に、

「今夜はご機嫌が悪いらしい。またにしたらどうだ？」

からかうように、三洲がギイへと提案した。

「いや、急ぎの用なんだ」

　だがギイは、頑《かた》く、退《ひ》かない。

「月曜の夜に引き続き、ふたつ目の貸しだな、崎」

　三洲はギイの肩を軽く叩《たた》くと、「一時間したら、戻るから」

言って、ギイを室内へ引き込むと同時に、出て行った。

　ドアの閉まるパタンという音に、ぼくの心臓がギュッと竦んだ。

　らしくなく、ギイはドアの前から、じっと動かない。

「託生、もう知ってると思うが――」

「宿題の途中なんだ。邪魔しないで、帰ってくれよ」

「済まない、こんなことになって。でもな――」

「謝罪はいい。謝ってなんか、もらいたくない」

「託生、わざとじゃない。こんなはずじゃなくて、オレも、戸惑ってるんだ」

「やめてくれよ。言い訳なんか、聞きたくもない」

「保身で言ってるわけじゃない。どうにもならなかったんだ。根回しもしてたが、アクシデントで――」

「だから、言い訳も説明も、いいよ。いらない。大会に出場しろよ」

「わかった、なら、大会には出場する。だが、早々に負けて、お前と出掛ける」

「できるもんか、そんなこと！」

ぼくは、ギイを睨みつけた。「ダメだね、これみよがしに負けたりしたら、八百長《やおちょう》かと思われるよ。ギイの信用、ガタ落ちだ。B組の皆にも迷惑がかかるし、三洲くんの心証も更に悪化するだろうね」

「託生」

「頭の良さが仇《あだ》になるね。ギイだもの、おかしな負け方できないよ。誰もが、だったらしょうがないなって、納得するように負けなきゃならない。だって、ただのトーナメントじゃないんだよ、トトカルチョ、かかってるんだよ。赤池くんが言ってた、ギイ、本命なんだって？」

「──託生」

「もう、いいから。ひとりで行ってくるから。気にしなくていいから」

「託生」

「話は終わった。出てけよ」

「初戦で負ける、約束する」

「ぼくはしない。外出許可は取ったから、ひとりで行ってくる」

「せめて十一時まで待てないか？」

「待たない」

「託生」

「皆の期待に応えてやれよ。期待を裏切らないのがギイのモットーだっただろ」

「挽回《ばんかい》のチャンス、オレにくれよ」

「断る」

「託生」

「不可抗力だとわかっていても、許せないんだ、ギイ」

ぼくは、ひとつ、大きく息を吸い込んだ。「努力はした。状況からして、ギイは大会に出場した方が良いと、真面目にそう思う。でも、必死に努力しても、どうしても許せないんだ、君のこと」

ギイは額に手を当てると、

「わかった。託生の言い分の方が、どうしたって正しい。オレが悪かった、ごめん、託生」

諦めの表情で、静かに部屋から出て行った。

一時間ぴったりに戻ってきた三洲は、

「なんだ、崎、時間厳守で消えてたのか。てっきりケンカの仲直りが済んで、イチャイチャしてる最中を邪魔してやろうと狙ってたのにな」

冗談なのか本気なのか、わからない口調で言った。

「三洲くん、生徒会主催の全校参加の行事なのに、協力できなくて悪いけど、日曜日、外出するから」

「律義《りちぎ》だな、葉山。いいよ別に、俺にそんなこと断らなくても」

「それじゃ、おやすみ」

ベッドに潜《もぐ》ったぼくへ、

「早いな、まだ消灯まで、だいぶあるぞ」

「なんか、疲れちゃって」

「日曜日、実は崎と出掛けることになってたとか」

「え?」

弾かれるように顔を上げたぼくと、三洲の目が合う。

「へえ、そうだったんだ。なんだ、久しぶりのデートがキャンセルされて、それで葉山、不機嫌だったのか」

「うん、まあ、そんなとこ」

曖昧に、言葉を濁《にご》す。

デートなんて、軽いものではなかったけれど、表面上はそんなものだから、――ギイももしかしたら、一緒に墓参りに行くだけなんだから、その程度のことと、認識していたのかもしれない。

認識の重さに、ズレがあったんだ。ぼくがどんな気持ちでギイを誘ったのか、きっと、わかってもらえてなかった。

でも、もういい。だからって、今更理解してもらったところで、ぼくが墓参りにひとりで行くことに変わりはないのだから。


「明日の十五日に外出するために提出された、外出許可申請書？　そんなもの、調べてどうするんだね、三洲？」

生徒の外出外泊を管理している、生活指導の加賀《かが》先生。

「外出許可は前日の昼休みまでの受付が原則ですから、この時点ではもう、とっくに追加の分はないということですよね」

先生の姿すらまばらな土曜の午後、一時を過ぎた放課後の職員室で、三洲は加賀に申請書の閲覧《えつらん》を申し出ていた。

「それは、ないがね」

「表向きは自由参加とはいえ、新入生との親睦《しんぼく》会を兼ねた全校生徒行事ですよ。不届きなメンツをチェックするのは、主催者の生徒会としては当然だと思いますが」

「まあ、極秘事項なわけではないから、閲覧するならしてもいいが、悪用するなよ、三洲」

「十五日にバックれたのを知られたからって、誰もそれを弱みだとは思わないでしょ」

三洲は笑うと、手渡された、さほど厚くない紙の束に指をかけた。

ハガキ大の用紙に、氏名とクラス名、目的もしくは目的地が記入されている。

葉山託生。――兄貴の墓参りか。そうか、一人っ子じゃなかったんだ、葉山。

順に捲《めく》って、案の定の名前に行き当たる。

『崎義一』

なんだ、やっぱり提出してたんじゃないか、あいつ。

申請の日付は、と。

月曜日？

葉山が火曜の提出だから、一日早い。

崎が既に、月曜の昼休みまでに提出してたということは、デートの約束、葉山が戻らなかった月曜の夜にしたわけじゃ、なかったんだ。

残念、読みが外れた。

だが、申請を出したまま、撤回《てっかい》してないということは、あいつ、オセロ大会、ドタキャンする気か、もしかして。

それは、あり得る。

何故《なぜ》かと言うと、葉山の外出の目的が、特殊だから。

ただのデートじゃなかったんだね、おふたりさん。——からかったりして、葉山に悪かったな。

「三洲、チェックすると言う割に、名前を控《ひか》えてないが、いいのか？　いくらなんでも、さすがにコピーは取らせないぞ」

「ここにインプットしましたから、大丈夫です」

三洲は用紙を加賀に返すと、「ありがとうございました」

一礼して、職員室を後にした。

朝から、快晴。

「梅雨の最中とはとても思えない、良い天気だな」

カーテンと窓を開けて、三洲が大きく伸びをした。

「あ、おはよう、三洲くん」

室内に差し込む太陽の光の眩《まぶ》しさで、流れ込む新鮮な空気の気持ち良さで、ぼくは目を覚ました。

「葉山、何時に出掛けるんだ？」

「え？　あ、朝食摂《と》って、九時には駅行きのバスに乗る予定だけど」

「十時頃の電車？　途中の乗り換えとか、あるのか？」

「うん。――どうしたんだよ、そんなに細かく」

「同室者の動向、把握してないとまずいだろ。把握していればこそ、月曜の点呼の時のように、臨機応変、対応できると。おそらく朝まで戻って来ないと読んだから、葉山はもう寝てるとウソをついた。ウソついた端《はし》から、葉山が廊下の向こうに現れでもしたら、俺まで立場が危なくなる」

「あの節は、ありがとうございました」

改めて、ベッドの上で頭を下げると、

「まだ仲直り、してないのか」

三洲が訊いた。

「仲直りも何も、ケンカじゃないし。ぼくが一方的に、怒ってるだけだから」

「葉山、下馬評《げばひょう》では、崎が一位だ。優勝狙い。理由は、崎のことだから既《すで》にラバコレ、持ってるだろうと」

「ふうん、そうなんだ」

「ところが俺は、崎には一票も投じてない」

「どうして?」

こんなにあからさまな、賭けなのに?

「何故ならば、あいつの外出許可申請が、昨日の時点で撤回されてなかったから」

「え?」

「月曜の午前中に提出されたきり、そのままになってるんだ」

月曜の、午前中? ——え?

「わざとらしくない範囲でだろうが、どんな手を使ってでも、外出する気だぞ、あいつ」

「月曜の午前中って、本当に?」

でも、だって、「だって——」

ぼくとの約束より先に、とっくにそのつもりで、ギイ、本気で、ぼくと一緒に兄の所へ行こうとしていた?

「悪い、葉山。さっきうっかり聞き逃したんだけど、葉山の乗る電車、何時のだったっけ？」

三洲が訊く。

「十時だよ。でも――」

「でも？」

「指定じゃないんだ、切符が。だから、緑の窓口で指定を取るんだけど、窓口が混んでたり、指定席が埋まってたりしたら、その――。でも、帰りのことを考えると、遅くても十一時半頃の電車に乗らないと、まずいから」

「ギリギリまで、駅にいるかもしれない？」

「でも、時間が来たら電車に乗るよ」

「かまわないさ。ただ葉山、それ、崎に教えてやってもいいか？」

「三洲くん……」

「いい？」

「――うん」

「そうか」

三洲は柔らかく微笑むと、「これで崎への貸し、三つだ」

ぼくへと指を三本、立てて見せた。

何度目かの発車のベルが、ホームに鳴り響く。

またも電車をやり過ごし、ぼくはベンチに腰掛けたまま、階段を上がって来る人の流れから片時も目が離せずにいた。

落ち着かない。信じているけれど、信じる心の裏側に、同じ分だけ、不安があった。

時計の長針が、十一時半をカタンと過ぎた。と、不意に、ギイが現れた。魔法のように何の前触れもなく、唐突に、人混みから彼が抜き出て来た。

ギイは荒く肩で息をして、ベンチにぼくを見つけると、全力で走ってくる。

「託生！」

霞《かす》む視界に、ギイの笑顔がよくわからない。

アナウンスと共に、次の電車がホームに滑り込んで来た。

「――託生」

くしゃくしゃの顔で、ギイを見上げたままベンチに座ったきりのぼくの手を、ギイが握《にぎ》って、引き上げた。「良かった、間に合った。待たせたな、ごめん」

無言で頷くぼくに、

「オレの初戦の相手、三洲だった」

ギイが言った。

「で、でも三洲くん、参加者じゃないよ」

息がしゃくれて、うまく話せない。

開いた電車のドアから、ギイに引かれるように中へと乗り込む。ローカルの、普通車。指定なんか、関係ない。

空いた席を素早く探して、ギイがぼくを座らせた。

ぼくの隣にギイも腰掛け、

「トーナメントに教師と生徒会の枠《わく》があっただろ？　大穴になるか、ただの捨て駒か、当日になるまで不明だった枠」

どこからかハンカチを取り出し、ぼくの顔に押し当てた。

「そ、そんなの、あったかな」

そうだった、ギイへの憤りやらトトカルチョは抵抗あるとか諸々《もろもろ》で、結局ぼくは、一度も参加者一覧表を、この目で直《じか》に見ていなかったのだ。

「くじ引きで、生徒会の枠に三洲が入った。ちなみに、教師の枠は島田《しまだ》御大」

「島田先生……？」

オセロ、できるの？

「三洲のヤツ、本性まるだしの勝負をしてよこした。責め方が、容赦ないんだ」

「それ、壮絶なバトルっての？」

「そうそう。三洲の取り巻き、びっくりしてたぞ。新たな発見で、あれはあれで彼らには幸せかもしれないけどな」

だから名前も三洲新って、――外したな、オレ。

ふざけるギイに、彼の腕へ、腕を絡めた。

「ありがとう」

約束、守ってくれて。――ぼくの気持ち、大切にしてくれて。

「託生、向こうに着いたら、お前も約束守るんだぞ」

ギイの腕に顔を埋めて、動かないぼくに、「もしバッタリ会えたとしたら、両親に、オレのこと紹介するんだからな」

忘れてないよ、ギイ。

母は、きっと父も、驚くだろう。母は見かけによらず面食いだから、一目でギイを気に入るかもしれない。父は、――父は、ギイを上辺の外見でなく、ひとりの男として、ギイの人間性

に触れようとしてくれるかもしれない。

　それから兄さん。

「でもギイ、両親より、ぼくは、兄に、紹介したいよ」

　ギイを見て、きっと兄は、安心してくれるだろう。雨の中、ちいさなぼくを探さずとも、この人がいるから大丈夫。と、きっと安心してくれる。

「何はさておき、先《ま》ずはあれだな。お前、泣き止め。いつまでも泣いてると、オレが苛《いじ》めたのかと、両親にも兄貴にも、オレが誤解されるだろうが」

「うん。うん、ギイ」

「まあね、のんびりな旅だから、ゆっくりでいいけど」

「うん。――ギイ」

　ガタゴトと、レールの上を列車が進んでゆく。

　ゆっくりだろうと、確実に前へ。

「三洲に土産《みやげ》、買うべきだろうか」

　ふと、ギイが呟いた。

　ぼくは笑って、もう泣いてはいない顔を、再びギイへ、そっと寄せた。

ごとうしのぶ作品リスト

〈タクミくんシリーズ〉　注　作品名の〝月〟は、何月時かを示しています。

作品名		収録文庫名	初出年月
《2年生》 4月	そして春風にささやいて	そして春風にささやいて	1985・7
〃	てのひらの雪	カリフラワードリーム	1989・12
〃	FINAL	Sincerely…	1993・5
5月	若きギイくんへの悩み	そして春風にささやいて	1985・12
〃	それらすべて愛しき日々	そして春風にささやいて	1987・12
〃	決心	オープニングは華やかに	1993・5
〃	セカンド ポジション	オープニングは華やかに	1994・5
6月	June Pride	そして春風にささやいて	1986・9
〃	BROWN	そして春風にささやいて	1989・12
7月	裸足のワルツ	カリフラワードリーム	1987・8
〃	右腕	カリフラワードリーム	1989・12
〃	7月7日のミラクル	緑のゆびさき	1994・7
8月	CANON	CANON	1989・3
〃	夏の序章	CANON	1991・12
〃	FAREWELL	FAREWELL	1991・12
〃	Come On A My House	緑のゆびさき	1994・2
9月	カリフラワードリーム	カリフラワードリーム	1990・4
〃	告白	虹色の硝子	1988・12
〃	夏の宿題	オープニングは華やかに	1994・1
〃	夢の後先	美貌のディテイル	1996・11
10月	嘘つきな口元	緑のゆびさき	1996・8
〃	季節はずれのカイダン	(非掲載)	1984・10
〃	〃(オリジナル改訂版)	FAREWELL	1988・5
11月	虹色の硝子	虹色の硝子	1988・5
〃	恋文	恋文	1991・2

12月	One Night, One Knight.	恋文	1987・10
〃	ギイがサンタになる夜は	恋文	1987・7
〃	Silent Night	虹色の硝子	1989・8
1月	オープニングは華やかに	オープニングは華やかに	1984・4
〃	Sincerely…	Sincerely…	1995・1
〃	My Dear…	緑のゆびさき	1996・12
2月	バレンタイン ラプソディ	バレンタイン ラプソディ	1990・4
〃	バレンタイン ルーレット	バレンタイン ラプソディ	1995・8
3月	弥生　三月　春の宵	バレンタイン ラプソディ	1993・12
〃	約束の海の下で	バレンタイン ラプソディ	1993・9
〃	まどろみの Kiss	美貌のディテイル	1997・8
番外編	凶作	FAREWELL	1987・10
〃	天国へ行こう	カリフラワードリーム	1991・8
〃	イヴの贈り物	オープニングは華やかに	1993・11
《3年生》 4月	美貌のディテイル	美貌のディテイル	1997・7
〃	jealousy	美貌のディテイル	1997・9
〃	after jealousy	緑のゆびさき	1999・1
〃	緑のゆびさき	緑のゆびさき	1999・1
〃	花散る夜にきみを想えば	花散る夜にきみを想えば	2000・1
6月	あの、晴れた青空	花散る夜にきみを想えば	2000・1

〈その他の作品〉

作　品　名	収録文庫名	初出年月
通り過ぎた季節	通り過ぎた季節	1987・8
予感	ロレックスに口づけを	1989・12
ロレックスに口づけを	ロレックスに口づけを	1990・8
わからずやの恋人	わからずやの恋人	1992・3
天性のジゴロ	――	1993・10
愛しさの構図	通り過ぎた季節	1994・12
ささやかな欲望	ささやかな欲望	1994・12
LOVE ME	――	1995・5
Primo	ささやかな欲望	1995・8
Mon Chéri	ささやかな欲望	1997・8
Ma Chérie	ささやかな欲望	1997・8

〈初出誌〉
花散る夜にきみを想えば
書き下し
あの、晴れた青空
角川mini文庫（'97年11月）